DÉFENSE D'ENTRER ! 3

BIENVENUE CHEZ LES GRANDS!

Catalogage avant publication de Bibliothèque et Archives nationales
du Québec et de Bibliothèque et Archives Canada

Héroux, Caroline, 1970–

    Défense d'entrer!
    Sommaire: 3. Bienvenue chez les grands.
    Pour les jeunes de 10 ans et plus.
    ISBN 978-2-89714-149-3 (vol. 3)
    I. Héroux, Caroline, 1970– . Bienvenue chez les grands. II. Titre.

PS8613.E756D43 2014   jC843'.6   C2014-940388-7
PS9613.E756D43 2014

Direction littéraire : Pierre Szalowski
Révision linguistique : Aimée Verret
Conception graphique : Julia Chhoy
Photo: Mathieu Rivard
Mise en pages : Anne Sol

Dépôt légal : 1er trimestre 2015
Bibliothèque et Archives nationales du Québec
Bibliothèque et Archives Canada
© Les Éditions de la Bagnole, 2015
Tous droits réservés pour tous pays
Isbn: 978-2-89714-149-3

GROUPE VILLE-MARIE LITTÉRATURE   Groupe Ville-Marie Littérature inc.
Vice-président à l'édition   Une société de Québecor Média
Martin Balthazar   1010, rue de La Gauchetière Est
    Montréal (Québec) H2L 2N5
    Tél.: 514 523-7993, poste 4201
    Téléc.: 514 282-7530
    info@leseditionsdelabagnole.com
    leseditionsdelabagnole.com

Nous reconnaissons l'aide financière du gouvernement du Canada par l'entremise
du Fonds du livre du Canada (FLC) pour nos activités d'édition.
Nous remercions le Conseil des arts du Canada de l'aide accordée à notre
programme de publication.
Les Éditions de la Bagnole bénéficient du soutien financier de la Société de
développement des entreprises culturelles du Québec (SODEC) pour son
programme d'édition.
Gouvernement du Québec –Programme de crédit d'impôt pour l'édition
de livres – Gestion SODEC.

DÉFENSE D'ENTRER ! 3

BIENVENUE CHEZ LES GRANDS!

CAROLINE HÉROUX
AVEC LA COLLABORATION DE CHARLES-OLIVIER LAROUCHE

BOUM BOUM BOUM BOUM

20 AOÛT. *(NOUVEAU CARNET!!)*

    ** (Je n'en reviens pas, c'est déjà mon troisième carnet (d'ailleurs, je vais l'appeler *CARNET N° 3*) et j'ai encore tellement à écrire! À bien y penser, je suis comme, genre, un écrivain, maintenant, non? C'est vrai! Je raconte des histoires, comme celles de ma demi-sœur Amélie (je la surnomme en secret Mémé parce qu'elle n'aime pas ça), ou encore des aventures folles avec les jumeaux Arthur et Lucie (sont trop mignons). Je les adore, même s'ils me gossent parfois / souvent / toujours / des fois). C'est trop cool, être écrivain!!

Je suis dans la voiture de papa. Il s'approche du Collège Sainte-Victoire où je vais passer la journée / soirée / nuit avec les nouveaux de secondaire 1. Le stationnement est bondé de voitures et de jeunes (beaucoup trop heureux à mon goût) qui en débarquent. C'est étourdissant. Sérieux, j'en ai mal au cœur, de voir tout ce monde à gauche et à droite. Mais pourquoi sont-ils aussi heureux?

BOUM BOUM BOUM BOUM

Je ferme les yeux. J'entends mon cœur battre très fort.

BOUM BOUM BOUM BOUM BOUM

    Je n'ai pas pu éviter de faire ce camp de fraternisation – maman n'a pas cédé malgré mes supplications. J'ai envie de vomir... **C'est ça!** Je vais vomir et papa me ramènera à la maison! **Bonne idée, Charles!** Et tiens, maman, dans les dents!!

BOUM BOUM BOUM BOUM BOUM

J'entends des jeunes parler et rire à l'extérieur. J'ouvre les yeux.

Et je la vois: ma nouvelle école. **SURNOM**: **LA GRANDE ÉCOLE**. Je fronce les yeux. Je l'ai vue pendant des années, de l'autre côté de la rue, depuis mon ancienne école (**surnom**: la petite école). Aujourd'hui, je constate plusieurs choses:

1) Elle est plus grosse de ce côté-ci de la rue.

2) Elle est plus vieille de ce côté-ci de la rue.

3) Elle est aussi haute que la Place Ville Marie, ou presque.

4) Y a full de craques dans les murs.

5) Pis y a des branches de liège. Euh, je veux dire de lierre, qui montent sur les murs.

6) Elle est hantée, je suis certain. Elle en a l'air, en tout cas.

7) Si c'est ça, un monument historique, **je DÉTESTE**.

BOUM BOUM BOUM BOUM BOUM

Quoi faire? Quoi dire? Oh, ma gorge se serre... et j'ai chaud.

Papa (impatient envers un autre papa conducteur trop excité de reconduire son twit de fils au camp de fraternisation): Qu'est-ce qu'il fait, lui? Oh, c'est une «elle», évidemment!

      ** Papa n'aurait jamais osé dire ça devant maman.

Je l'entends klaxonner. Je prends une grande respiration. Il klaxonne à nouveau.

Papa: Envoye!!!

Bon, ça y est. Il va me faire honte. Il ne dit jamais un mot quand c'est le temps. Et là, il pourrait juste se la fermer, mais non, il décide de se faire remarquer, et de me faire honte. *AAARGH...* J'aurais dû demander à maman de me conduire.

BOUM   BOUM   BOUM   BOUM

Bon, je dois relativiser:
1) Je suis grand maintenant.
(Haha, comme dans la pub de couches.)
2) Je ne dors qu'une nuit ici.
3) Je viens de me taper deux semaines au Kamp P. (**Voir carnet N°2**.) C'est pas comme si j'étais incapable de passer une nuit à l'école!
4) Mais l'école, c'est pas le camp. J'annule le **3)**.
5) C'est un camp de fraternisation. Le but est de rencontrer les jeunes qui seront dans ma classe. Mais est-ce vraiment nécessaire? On devrait avoir deux journées pédagogiques supplémentaires pour ces deux jours perdus.
6) Je connais déjà quelques élèves... Ce sont mes amis. J'en ai pas besoin de plus.

BOUM BOUM BOUM BOUM BOUM

Papa: Ah! Enfin! Y a de la place!

7) ... dont William et Max. Et le gars à la casquette rouge que je viens juste de voir débarquer de sa voiture. (Il a grandi, lui, cet été...) Yamorve? Yabof? Yarov? *AAARGH...*
8) C'est pas **VRAIMENT** une nouvelle école.

Je la voyais tous les jours de l'autre bord de la rue. Donc, c'est juste une **AUTRE** école, et non une **NOUVELLE** école.

BOUM BOUM BOUM BOUM BOUM

8,5) Ça ne ralentit pas. Mon cœur bat trop vite et va me sortir de la poitrine.
9) J'ai envie de vomir. Il fait chaud ici, non?

Papa: Lolo? Dépêche!

Je m'extirpe de la voiture. *OUF*. Il fait chaud *PARTOUT* aujourd'hui. Au moins *58* degrés Celsius (et non ~~Fhar Farhei~~ Fahrenheit)... Euh, peut-être *44*. OK, OK. Il fait *29* degrés. Mais, avec le facteur humidex, ça doit friser les *47* à ~~Londres~~ l'ombre.

Je capote. Mon champ de vision rétrécit. Je vois des petits points noirs...

BOUM BOUM BOUM BOUM ♥
BOUM BOUM BOUM BOUM

OH! OH!... Les petits points noirs grossissent et commencent à bloquer ma vision. Je pense que je v–

BOUM BOUM BOUM BOUM
BOUM BOUM BOUM BOUM

Papa: Lolo?

BOUM BOUM BOUM BOUM BOUM BOUM BOUM BOUM BOUM

La lumière revient. **BOUM BOUM...** Je suis éten-du au sol dans le stationnement de l'école, et au moins *428* personnes sont attroupées autour de moi. **BOUM BOUM...** OK, OK. Elles ne sont qu'une dizaine, mais elles ont toutes la face au-dessus de la mienne et je n'ai pas d'air. C'est comme si elles étaient *2000*! **BOUM BOUM... BOUM BOUM... BOUM BOUM...**

Madame-que-j'ai-jamais-vue-avant: S'il vous plaît! Veuillez reculer et lui donner de l'air.

BOUM BOUM BOUM BOUM BOUM BOUM BOUM BOUM BOUM

Moi (à moi-même)**:** Merci, madame l'étrangère.

BOUM BOUM BOUM BOUM ♡

Je tente de me lever, mais la tête me tourne.

BOUM BOUM BOUM BOUM

Papa: Attends un peu avant de te lever, Charles.

** Bonne idée, champion.

Mon pouls semble revenir à la normale.

♡ BOUM BOUM... **BOUM BOUM... BOUM BOUM... BOUM**

Il est hors de question que je reste étendu. De plus, l'asphalte est brûlant. Euh, **brûlante?**

«Attends»: On dit *UN* ou *UNE* asphalte???? Quand j'étais jeune, je pensais que c'était:

LA SPHALTE

HMM, on doit dire *UNE* asphalte dans ce cas.

** À VÉRIFIER! **

P.-S.: ** Incroyable, les questions qu'on se pose quand on revient à la vie.

Soudain, j'entends:

William: Lolo? Ça va?

Je lève les yeux: c'est William! Il est là, avec sa gardienne, **la queue de vache** (c'est comme ça qu'on l'appelle, parce qu'elle est toujours avec lui et le suit partout). Je me relève, aidé de papa.

Moi: Salut, Will!!

On se fait un high five. Je me sens déjà mieux de savoir que je n'entrerai pas seul dans le monument historique!!

Quelques minutes plus tard, j'attends en ligne pour qu'on me remette ma couleur de groupe. Je suis «*SABLE*».

{ AUSSI CONNUE SOUS LE NOM DE «COULEUR POCHE». }

On se rejoint tous dans la méga grosse cour d'école qui doit faire dix terrains de **FOOTBALL**. La température a baissé de quelques centaines de degrés, on dirait, car je me sens beaucoup mieux.

Je croise William. Il est «**ORANGE**». Max, «**ROUGE**». Décidément, on a fait exprès de nous séparer. Je suis déçu. Mais les cinquième secondaire, qui nous accueillent, sont tellement joyeux et souriants que ça me fait du bien.

Je reconnais Simon de l'autre côté de la cour, et j'espère qu'il va y rester, car je n'ai pas vraiment le goût de lui parler. Il n'a jamais rappelé ma sœur après qu'elle a eu son accident.

<u>AIDE-MÉMOIRE:</u>
Simon et Mélie ont été on-off ensemble pendant plus d'un an. Ma sœur a eu un accident de vélo il y a quelques semaines, et Simon a décidé de ne plus la rappeler. **Je l'haïs**.

C'est dégueulasse, et je ne ferais jamais ça à une fille. <u>Pas que je pense aux filles</u>. Mais j'aimerais bien qu'il y en ait des gentilles/cutes «**POCHES**» aussi (en termes de couleur = **SABLE**, comme moi).

Mémé n'a pas pu venir. Elle devait, mais c'est un peu compliqué car elle a beaucoup de difficulté à se déplacer.

C'est peut-être mieux comme ça. Au moins elle n'aura pas à côtoyer son **EX** pendant deux jours. Elle joue la dure, mais je crois qu'elle a de la peine...

PAS QUE ÇA M'AFFECTE!

Max: J'ai su que t'étais tombé dans les pommes.
Moi: Non. Juste un coup de chaleur.

Will et Max m'observent. Je suis aussi bien de l'avouer. Tout le monde le sait déjà. Si j'avais gagné une médaille d'or en karaté (je n'en fais pas, mais c'est un exemple), personne n'en parlerait. Mais, parce que c'est plutôt un potin poche (pour moi), le mot se passe rapidement dans l'école. Et là, tout le monde sait que le **LOSER** qui est tombé dans les pommes s'appelle Charles-Olivier.

Moi: Ok, je suis tombé dans les pommes. J'en suis pas vraiment fier.
Will: C'est pas de ta faute, voyons, Lolo. C'est un **CHOC VAGAL**.
Max: Un quoi?
Will: Un choc vagal. Ça a rapport avec le nerf vague. Ça arrive à certaines personnes lorsqu'elles ont une grande peur, ou juste un gros coup d'émotion.

Bon, faut qu'il mette son fion, lui. Grande **PEUR**? Mon œil! C'est pas ça du tout. Peut-être juste un petit peu d'émotion.

IL FAIT CHAUD!!!!

Je n'ai pas le temps de répondre que Simon arrive vers moi... avec un t-shirt couleur *POCHE*

Simon: Salut, Lolo!
Moi (un peu bête)**:** Salut.

       ** J'ai le goût de lui donner de l'attitude.

Simon: C'est moi, ton moniteur jusqu'à demain!
Moi: Ah ben...

P.-S.: ** Je n'ai <u>pas</u> le goût de lui parler.
Je n'aime plus Simon. Il n'a pas été gentil avec Mélie.

P.-P.-S.: ** Je ne l'ai jamais aimé de toute façon.

> ** Menteur. Je le trouvais cool quand il sortait avec ma sœur. Mais là, il lui a fait de la peine, alors j'ai le droit de ne plus l'aimer. Comme lui n'aime plus ma sœur.

Avant que je puisse dire quelque chose, une fille (je pense que son nom est Julie) arrive. Elle a l'âge de ma sœur. Elle est jolie, et elle- Oh! Oh!...

Julie: Salut!

Elle se colle sur Simon, qui devient soudainement gêné. *OooooooH!!!* J'ai très bien allumé, je crois. (Pour une fois.)

SA NOUVELLE BLONDE!! JE LA DÉTESTE DÉJÀ.

** Je sais que ce n'est pas gentil de penser ça, mais c'est chien d'avoir pris la place de ma sœur.

Simon: Julie, je te présente le petit frère d'Amélie, Lolo.

Moi: C'est **CHARLES-OLIVIER**. *LOLO*, c'est pour mes amis.

PRENDS ÇA!

Gros malaise de Simon. Max et Will sont plantés là et ne disent rien. J'adore être dans ce genre de situation où je suis un peu baveux.

P.-S.: ** Je me chicane peut-être souvent avec Mélie, mais elle méritait au moins un appel, comme elle dit.

Moi: J'espère qu'il n'y a pas seulement deux moniteurs par couleur?
Simon: Non, pourquoi?

P.-P.-S.: ** Il n'allume pas du tout.

CHOIX MULTIPLE:

A) ÉPAIS; B) IMBÉCILE; C) ÉTRON; D) GROS ÉPAIS; E) TWIT. F) TOUTES CES RÉPONSES.
Si tu as répondu **F)**, tu as gagné!
Simon est vraiment **F)**.

William: En plus, y'est épais. Ta sœur l'a échappé belle.

William me tire par le bras.

William: Viens, *LOLO.*

Max: Oui, viens, *LOLO!*

LES TROIS MOUSQUETAIRES SONT DE RETOUR!

** Simon n'a rien compris.

Après avoir marché jusqu'au fond d'un long corridor très sombre sur un plancher en bois franc qui craque à chacun de mes pas, j'arrive enfin à ma chambre. C'est la n°**211** et elle est loin des autres. Je dois mentionner que l'école est un ancien couvent (ou monastère??) qui est sûrement hanté de fantômes de moines ou de ~~moinesses~~ nonnes (c.-à-d. sœurs). Il y a tellement de chambres que ça ne me surprendrait pas que quelqu'un y trouve un moine mort oublié dont le corps est dans un état de décomposition avancé. Je viens pour tourner la poignée de la porte de ma chambre... *OH! OH!*

Soudainement, un **FRISSON GLACIAL** remonte le long de ma colonne vertébrale. Me semble qu'il y a soudainement une odeur d'œufs pourris/de moisi/de... de corps mort de moine...

ET SI C'ÉTAIT DANS MA CHAMBRE QU'IL Y AVAIT UN MOINE MORT? Puisque tout le monde a été ~~jumeler~~ jumelé avec quelqu'un de sa couleur, je décide d'attendre l'autre «*SABLE*».

Quelques minutes plus tard, je me sens loser seul (ou presque) dans le couloir. Tous entrent dans leur chambre sans se soucier du sort qui peut les attendre. Je prends sur moi et m'arrête le temps d'une grande respiration. Je suis capable. **OUF!**

JE COGNE À LA PORTE. PAS DE RÉPONSE.

MON COLLÈGUE «SABLE» N'EST VRAIMENT PAS LÀ... et le mort, ben, il ne répond pas.

J'entre à pas de loup. Pas d'odeur de mort. Fiou. Je me
détends un peu. Je vais vérifier dans les toilettes.

QUOI?????
PAS DE TOILETTES???

Je fais le tour de la minuscule chambre. RIEN.
Sauf une petite garde-robe avec deux cintres.

Comment vais-je faire sans toilettes? Ils faisaient
comment, les moines, dans le temps? Je ne sais pas qui
a décidé d'appeler cet immeuble un «MONUMENT HISTORIQUE»,
mais ça paraît qu'il n'est pas resté à coucher!

Une heure plus tard...

(En tout cas, c'est ce qu'il me semble, même si je sais que ça ne
fait que dix minutes.)

▌ entre enfin.

** «▌» étant l'autre «sable», et non le moine mort.

Je bondis pour l'accueillir.

** Il doit revenir du Sud car il est TRÈS bronzé.

Ayoye, même debout devant lui j'ai encore l'air assis
tellement il est grand!!

Moi: Bonjour.
Lui: Bonjour.
Moi: Je m'appelle Charles-Olivier, mais tout le monde
m'appelle Lolo.

Il se penche vers moi et me tend la main. Il a le sourire fendu jusqu'aux oreilles et sa tête bouge comme la poupée bobblehead de **SIDNEY CROSBY** que j'ai sur ma table de chevet. J'ai le goût d'éclater de rire, **MAIS CE N'EST PAS LE MOMENT.**

Sa peau est foncée, mais pas noire. Donc il n'est **PAS** haïtien. Car ses cheveux sont raides, et non frisés.

<u>À mon avis, il doit venir de</u>:

    1) Cayo Coco;
    2) Nuevo Vallarta;
    3) Playa del Carmen;
    4) Varadero;
    5) Cancún;
    6) Floride???

J'attrape sa main.

Lui: Lolo?

Je fais oui de la tête.

Lui: Enchanté, Lolo.

J'attends. Il me fixe de ses grands yeux bruns.

Moi: Toi? Comment tu t'appelles?
Lui: Raminesh Ganesh Lakan Aamar Singh.
Moi: Euh, je demandais **JUSTE TOI!**
                ** Pas toute ta famille pis tes voisins...

Ramina Ganat... quelque chose: C'est mon nom. Mon vrai nom.
Moi: Oh... Ben... Comment tes amis t'appellent?
                ** Quand ils sont pressés, genre???

Il fronce les sourcils. On ne se comprend pas, je crois. Il s'approche de moi pour mieux articuler dans ma face.

Ramina Ganat... quelque chose: Raminesh Ganesh Lakan Aamar.

P.-S.: ** La mâchoire me décroche. Il n'est pas sérieux?? Je ne pourrai jamais me souvenir de ça! Déjà que le nom du gars à la casquette rouge (très sale) ne me revient jamais, même si ça fait trois années de suite qu'on est dans la même classe!

P.-P.-S.: ** Zut! Je ne pourrai jamais être ami avec un nom de même!! Quel genre de mère appelle son fils comme ça?? Elle ne doit pas l'aimer. Pourtant il a l'air super gentil.

Mais Ram... quelque chose me fixe toujours sans broncher.

Moi: Enchanté, euh, Ra... men La... manne, euh... Amen!

Il éclate de rire en se tapant le poing dans la paume.

Ramina Ganat... quelque chose: Je blague! Tout le monde m'appelle *RAMI*. Hiiiiiii huuuuuuiiiiiie!!

HAN? C'est quoi, ce son-là qui vient de sortir de sa bouche? Comme un **HENNISSEMENT**. Ça me prend complètement par surprise.

Ramina Ganat... aaargh!: Hiiiiiii huuuuuuiiiiie!!

** Il devrait arrêter, parce qu'il va s'étouffer.

Chose certaine, il se trouve très drôle car il rit toujours. **ET OUPS!** Encore un hennissement. J'en peux plus! C'est contagieux, ce hennissement. J'éclate de rire à mon tour!!

OUF, ÇA FAIT DU BIEN!

Moi: Tu es nouveau?
Rami: Oui, c'est ma première année au secondaire, et je suis content d'être ici. Le **CANADA** est un pays merveilleux, n'est-ce pas?
Moi: D'où viens-tu?
Rami: Je suis indien.
Moi: Indien? De quelle réserve?

Il se tape dans la paume encore une fois (= tic nerveux).

Rami: Hiiiiiii huuuuuuiiiiie
(= hennissement, hennissement, hennissement)!!

P.-S.: ** OK, c'est trop freakant, ce bruit qui sort de sa bouche quand il rit. Je me retiens tellement pour qu'il ne pense pas que je ris de lui. Mais lui, on dirait qu'il se moque de moi.

Rami: Tu es trop *drôle*, Lolo!

P.-P.-S.: ** Je réponds quoi à ça, moi? OUI? NON? Va au diable? Retourne dans ta réserve, pauvre con?

Rami: Je viens de l'Inde, le pays! Udaipur! Tu sais où est l'Inde?

{AUCUNE IDÉE.}

Moi: Bien sûr! On l'a appris à l'école. C'est proche de l'eau, non?

GENRE:

EAU EAU EAU EAU EAU EAU EAU EAU EAU EAU EAU EAU EAU EAU EAU EAU EAU
EAU EAU EAU EAU EAU EAU EAU EAU EAU EAU EAU EAU EAU EAU EAU EAU EAU
EAU EAU EAU EAU EAU   EAU EAU EAU EAU EAU
EAU EAU EAU EAU EAU   EAU EAU EAU EAU EAU
EAU EAU EAU EAU EAU   EAU EAU EAU EAU EAU
EAU EAU EAU EAU EAU   EAU EAU EAU EAU EAU
EAU EAU EAU EAU EAU   **INDE**   EAU EAU EAU EAU EAU
EAU EAU EAU EAU EAU   EAU EAU EAU EAU EAU
EAU EAU EAU EAU EAU   EAU EAU EAU EAU EAU
EAU EAU EAU EAU EAU   EAU EAU EAU EAU EAU
EAU EAU EAU EAU EAU   EAU EAU EAU EAU EAU
EAU EAU EAU EAU EAU   EAU EAU EAU EAU EAU
EAU EAU EAU EAU EAU EAU EAU EAU EAU EAU EAU EAU EAU EAU EAU EAU EAU
EAU EAU EAU EAU EAU EAU EAU EAU EAU EAU EAU EAU EAU EAU EAU EAU EAU

{ Il me regarde comme si je faisais une demande d'admission au doctorat à la maternelle, section des petits. Ma réponse n'aurait pas pu être plus niaiseuse. J'ai honte de moi. Mais je dois rester sérieux. Peu importe c'est où, quand on y pense, y' en a partout sur la planète, de l'eau, c'est pour ça qu'on la surnomme la planète bleue, non? }

Rami: Oui, c'est à l'est de l'Afrique. Dans l'océan Indien.

** POURQUOI IL NE VIENT JUSTE PAS DE FLORIDE??
** Ça serait tellement moins compliqué, et je sais exactement c'est où!!

Il sort son iPad et, en l'espace de deux secondes, il clique sur une carte géographique pour me montrer où se situe l'Inde, précisément.

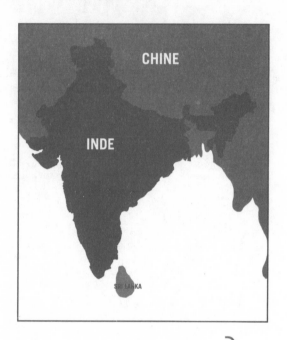

AH! OUI! C'EST LÀ! JE N'ÉTAIS PAS LOIN.

Moi: Il y a quand même beaucoup d'eau.

PUIS, IL ZOOME.

Rami: Tu vois?

JE REGARDE.

EUH... OUI, JE VOIS.

(Mais je ne comprends rien.)

Rami: C'est le Rajasthan. La province la plus populaire auprès des touristes. Là, il y a Jaipur, la capitale. Si tu descends vers le sud, tu arrives à UDAIPUR. Tu vois?

Je fais signe de la tête: OUI.

Puis, il tape encore quelques mots. Et me montre des photos.

Rami (en pointant du doigt)**:** Ma ville. Avec le lac, là.
Moi: C'est magnifique.

P.-S.: ** Vrai. C'est superbe. Avec
le **BEL** immeuble en plein milieu.

Rami: C'est un hôtel. Le Lake Palace.
Moi: Wow. C'est beau, l'Inde.
Rami: Hiiiiiii huuuuuuuiiiiiie!!!!!

** Je sais que je me répète, mais je n'ai jamais
entendu un tel bruit de toute ma vie. C'est
vraiment spécial.

Il a de **BELLES DENTS** très blanches.

Rami: L'Inde n'est pas qu'Udaipur! Il y a beaucoup
de paysages différents. Ça va des plus hautes
montagnes enneigées à une plage paradisiaque,
en passant par le désert! Nous sommes un milliard,
trois cents millions d'habitants!

** J'ose pas les imaginer rire tous de la même façon...

Il me montre un peu plus de photos. Mais nous sommes
interrompus par Simon et Julie (sa je-suis-certain-nouvelle-
blonde).

P.-S.: ** Elle est laide et conne.
(Même si elle n'est pas si laide et que je ne
la connais pas.)

P.-P.-S.: ** ~~Je trouve Mélie~~
~~plus jolie~~.
** Je dis n'importe quoi, ça doit
être l'effet du choc vagal.

Simon: Dépêchez-vous! On vous attend en bas.
Moi: Je suis en train de me faire un ami. As-tu un problème avec ça?

P.-P.-P.-S.: ** Ça a sorti bête, et l'Indien me regarde sans comprendre.

P.-P.-P.-P.-S.: ** Je lui indique que je lui expliquerai ça plus tard. Il me fait un signe de **bobblehead** avec sa tête. Je me mords l'intérieur des joues tellement j'ai le goût de ~~hennir~~ rire.

En bas, tous les nouveaux étudiants sont regroupés par couleurs. Rouge, bleu, vert, orange, jaune, bleu ciel et *POCHE*... euh, je veux dire **SABLE.**

On commence les activités avec une chasse au trésor, afin de se familiariser avec les locaux de l'école. Mon équipe est composée de Rami, Geneviève (une fille de Saint-Lambert), Amélie (mais pas ma sœur, une autre), Marc-Alexandre et Yaroslav (**OUI, LA CASQUETTE ROUGE, C'EST LUI!**)...

PETIT P.-S.: ** La raison pour laquelle je sais son nom est que nous portons tous nos noms sur nos chandails... Pas sûr que je vais m'en souvenir demain. Sérieux, qui appelle son fils Yaroslav??? Il y a des parents qui font exprès pour que leurs enfants ne se fassent pas d'amis. ~~Yasor Yarvos~~ *YAROSLAV.*

... Markus et moi.

*P.-S.: ** C'est Markus. Avec un «K», COMME «KILO». Très important. Il le dit à tout le monde en se présentant.

*P.-P.-S.: ** Markus est de race noire. Aucun rapport, mais je voulais le mentionner. Il sera plus facile à visualiser. Tant qu'à ça, il est légèrement plus grand que moi et trapu. Ses cheveux lui tombent dans le cou et sont tressés... comme ceux des femmes qui reviennent de Cayo Coco ou Varadero.

Je pense que Rami a dû recevoir à l'avance les réponses aux questions de la chasse au trésor. C'est malade, il les connaît toutes!

Rami: Mais non! J'ai simplement bien écouté lorsque j'ai fait la visite de l'école l'an dernier!

L'AN DERNIER, DANS LE GENRE DE: IL Y A UN AN!!!

* * Moi, je ne me souviens de rien.

Je pense que je m'étais endormi à côté de maman alors qu'elle posait une multitude de questions HUMI-LIANTES. (J'ai même dû faire semblant de dormir !!!)

J'adore Rami. Il est super gentil et il vient de l'Inde.
C'EST FOU! Markus aussi est super gentil.

Moi: Tu viens de l'Afrique ou de Haïti?
Markus: Je suis français, de Paris.
Moi (perdu)**:** Ah oui?
Markus (amusé)**:** Mes parents sont sénégalais.
Moi: ...

> ** Je ne dis rien, mais sur ma face ça doit
> faire comme si je disais que je ne sais
> absolument pas de quoi ils parlent.

Rami et Markus éclatent de rire!

Rami: Hiiiiiii huuuuuuiiiiie!!

DÉCIDÉMENT...
** Je passe pour le bouffon de la place.

Markus: Le SÉNÉGAL! C'est un pays d'Afrique!
Rami: Tu ne connais pas??
Markus: D'Afrique de l'Ouest.

P.-S.: ** Bon, ça y est, je suis épais
parce que je ne connais pas le Sénégal. Heille,
c'est loin, l'Afrique! Je ne peux pas tous les
connaître, les pays du monde. Il y en a tellement!
En plus, je suis certain que, si je demandais à
100 personnes dans la rue où se situe le
Sénégal, y en aurait la moitié qui ne saurait pas
me le dire. Peut-être plus que la moitié, même.

Rami sort son iPad pour me le montrer. *AH! OUI, OK,* je le visualise, là. Oui, oui, le Sénégal. J'ai déjà entendu ça, il me semble.

** Pendant la Coupe du monde de soccer?

Rami (il montre)**:** La capitale est ici: Dakar.
Markus: Je viens justement de Dakar.
Rami: Chanceux! J'ai toujours rêvé de voir le lac rose. C'est magnifique.

P.-P.-S.: ** Rami connaît bien la **GÉOGRAPHIE MONDIALE**, à ce que je vois. Pas juste l'Inde.

Moi: Le lac rose? C'est quoi, ça? Quelqu'un met du colorant dedans ou quoi?

Ils me regardent comme si je voulais reprendre mon doctorat à la maternelle... section des **TRÈS** petits.

Rami: Hiiiiiii huuuuuuiiiiie!

P.-P.-P.-S.: ** Woh, là. C'est pas vrai que je vais passer pour un imbécile.

Moi: Quoi? Ça se fait à Chicago! TOUT le monde sait ça!
Rami: Han?
Moi: Oui, pour la Saint-Patrick, le 17 mars, la fête des Irlandais! On met du colorant vert chaque année dans la rivière qui traverse la ville. C'est super cool. J'ai déjà vu un reportage là-dessus à la télévision. Et on organise un gros défilé de la Saint-Patrick,

et tout le monde est habillé en vert. Je blague pas. C'est trippant!

Rami tape quelques mots sur son iPad et plusieurs photos de la rivière «verte» de Chicago apparaissent. Il nous les montre**.

** Fiou.

Markus: Capoté!!
Rami: Oui!

Oui. Et je prouve que je ne suis pas complètement idiot/imbécile épais/le bouffon de l'année.

MERCI.

Markus: Pour en revenir au lac rose, son vrai nom est le lac Retba. C'est la destination touristique la plus populaire du Sénégal. Il est rose, mais sans colorant, quoi.
Moi: Euh, je ne sais pas...

Pourquoi il me pose cette question ? QUOI?

Rami me montre une photo du lac ROSE.
(<u>Aucun doute</u>: il est rose.)

Markus: Du coup, sa couleur varie entre le rose et le mauve, en fonction de l'intensité des rayons du soleil, quoi.
Moi: Quoi?

Markus me regarde, perdu. Je le suis également. Je ne comprends pas sa question.

Markus: Tu connais la course Paris-Dakar?

Je fais non de la ~~bête~~ tête. Ça ne donne rien de mentir. Au cas où ils me poseraient des questions. Là, j'aurais l'air d'un **BEL** épais.

** Et je veux surtout m'éviter le titre de **bouffon de l'année!**

Rami: Bah oui ! C'était une course organisée chaque année entre Paris et Dakar. Des centaines de participants y roulaient en moto, en camion et en quad.
Markus: Exactement! L'arrivée était près du lac rose, à Dakar. Mais maintenant elle a lieu en Amérique du Sud.
Moi: Ah oui? Alors, ils l'appellent comment? La course Chili-Brésil?

P.-S.: ** Je ne pourrais probablement pas les placer au bon endroit, mais je sais que ce sont deux pays de l'Amérique du Sud. Pas si twit, le gars, quand même.

Rami: Elle n'a pas changé de nom.
Moi: Comment ça, elle n'a pas changé de nom?
Markus: Ah ben, je sais pas! C'est comme ça, quoi.
Moi: C'est donc ben bizarre.
Rami: Pardonne-moi, Markus, mais j'ai un doute. Je vérifie.

Il pitonne habilement sur sa tablette.

Rami: Tiens! Regarde, ça s'appelle: le rallye Dakar.

Mais Simon arrive au même moment.

> ** Suivi de sa connasse de *je-suis-sûr-que-oui-blonde*.

Simon: Que faites-vous? Allez, c'est pas le moment de traîner.
Moi: On ne traîne pas, tu sauras. On parle du rallye KADAR.

TIENS, TOI!

> ** Je suis sûr qu'il se trouve épais de ne pas connaître ça. Et moi, je suis intelligent. Héhé.

Simon éclate de rire.

Simon: C'est DAKAR, le «smatte». Allez!

PAS VRAI?

Je me retourne vers mes nouveaux amis. Markus hausse les épaules.

** Et maintenant, en nomination dans la catégorie «bouffon de l'année»: CHARLES-OLIVIER!

ZUT!!!!!

Simon a raison, je suis épais. Rami me passe la main autour des épaules pour me réconforter.

P.-S.: ** À partir de cette ligne, Rami et Markus sont mes nouveaux amis. Avec eux, c'est sûr que je ne coulerai jamais le cours de géographie, maintenant que je sais où se trouvent l'Inde et le Sénégal!

On retourne à nos activités.

JE CROISE WILLIAM QUI PORTE SON T-SHIRT ORANGE.

Je m'approche de lui.

Moi: Will! Viens, j'aimerais te présenter mes nouveaux amis!
Will (un peu réticent)**:** Tes nouveaux amis?
Moi: Rami, Markus, je vous présente William, un de mes deux meilleurs amis.

Le visage de William *S'ILLUMINE.*

Will: Oui, c'est moi! Le meilleur ami de Lolo! Ça me fait plaisir de vous rencontrer! Faut que j'y aille, mon équipe – *PLATE* – m'attend.

Pauvre William. Il est pris avec des **NULS** (** malgré sa couleur de chandail «hot»). J'aime mieux ma couleur d'équipe **POCHE** et être avec des gars le fun. Quelqu'un me tape sur l'épaule. Je me retourne.

WOW! C'est une belle fille, même si elle est plus grande que moi. Je ne la connais p-

Moi: Justine???

    ** (Je viens de la replacer.)

~~BOUM BOUM BOUM BOUM~~ **~~BOUM BOUM~~**

Justine: Salut, Charles-Olivier!
Moi: Ayoye!

Je me fige. J'en reviens pas! C'est bien *ELLE*.

  P.-S.: ** Wow, elle a changé pendant l'été. Maintenant, elle est grande ~~et belle~~, et ses cheveux ~~qui ont l'air si doux~~ sont beaucoup plus longs.

~~BOUM BOUM BOUM BOUM BOUM BOUM~~

  * * C'est pas le moment pour ça.

Justine: Ayoye quoi?
Moi: Euh... rien.

~~BOUM BOUM BOUM BOUM BOUM BOUM~~

  ** C'est *PAS* le moment, j'ai dit!!

  P.-P.-S.: ** Je ne suis quand même pas pour lui dire que je la trouve ~~belle, grande, jolie, drôle, fine, cute, changée, wow~~.

  P.-P.-P.-S.: ** Mes nouveaux amis me regardent avec des yeux ronds. On dirait que Justine leur plaît ~~également~~.

Moi: Je suis surpris de te voir.

Justine: Pourquoi? On est tous là, non?
Moi: Oui, oui, c'est juste que… bien, je t'ai cherchée ce matin pour te saluer, mais je ne t'ai pas vue.

 ** Menteur… mais maman dit toujours qu'il faut complimenter les filles. Ça leur fait plaisir. Et ça semble fonctionner, parce que Justine affiche un énorme sourire.

Justine: Ah! C'est gentil.

Je pense que je rougis parce que je sens mes joues chauffer.

BOUM BOUM BOUM BOUM…

** AAARGH…

Une fille que je ne connais pas: Justiiiiiiiiine! Viens vite!
Justine: Je dois y aller! On se parle plus tard.

Je veux dire «**OUI**», mais rien ne sort. Elle s'éloigne, puis soudainement se retourne.

Justine: J'aimerais bien savoir pourquoi tu n'as pas répondu à mon courriel cet été. À plus!

QUOI???

** Heille, le cœur, tu commences à me gosser solide!!

WOH, là!! **JUSTINE** m'a écrit cet été? C'est bizarre, je n'ai pas reçu ses messages? J'aurais certainement répondu. **ZUT**.

Quelques heures plus tard...

J'ai croisé Max et il déteste son équipe malgré sa couleur rouge. Finalement, je suis le plus chanceux de la troupe, même si on m'a assigné la couleur **SABLE**.

Ma mère dirait:

"*L'HABIT NE FAIT PAS LE MOINE*".

Il ne faut pas se fier aux apparences. **SABLE** est la pire couleur du monde! Mais mon équipe est la meilleure!! D'autant plus qu'on s'est classés premiers sur **14** équipes après toutes les activités! **WOW!**

Le soir venu, on a tous regardé un film dans le gymnase: L'UNIVERSITÉ DES MONSTRES. Je l'avais déjà vu avec les jumeaux, mais c'était bon. Rami a ri tout le long.

Rami: Hiiiiiii huuuuuuiiiiie!

J'avais plus de plaisir à l'entendre rire qu'à regarder le film.
** Le gymnase au complet l'entendait rire.
** J'ai aperçu Justine au loin, mais elle était avec ses amies et je n'ai pas osé la déranger.

Après le film, en marchant vers notre chambre, au fond du long couloir ÉPEURANT et mal éclairé:

Moi: On devrait aller aux toilettes avant de retourner à la chambre.
Rami: Ça va, j'y suis déjà allé. Vas-y, je t'attends avant de fermer la lumière.

* * IL Y EST ALLÉ AVANT LE FILM... IL Y A TROIS HEURES?? C'EST UN CHAMEAU OU QUOI??

** Un chameau qui rit comme un cheval.

Deux options s'offrent à moi:
A) Je n'y vais pas, j'irai cette nuit quand je serai vraiment endormi. (J'ai ~~toujours souvent~~ parfois moins peur la nuit quand je suis endormi.)
B) J'y vais et je cours le plus vite possible pour retourner à ma chambre.

Je dois y aller car j'ai, comme, très envie.
J'opte pour **B)**.

** J'ai jamais couru aussi vite.

On s'est couchés vers 22h50. Je commençais à avoir hâte d'avoir la tête sur l'oreiller. Mais personne n'est fatigué autour de moi et ça jase fort. Ça doit être

parce que je suis tombé dans les pommes que je suis
AUSSI fatigué...

21 AOÛT.

On se fait réveiller à *7H00*. Sérieux, ils auraient pu
nous donner une p'tite demi-heure de plus. Me semble
que je serais resté couché un peu plus longtemps ce
matin.

Simon: Allez, CHARLES-OLIVIER! Debout!
Moi (endormi): Oui, oui... me grouille.
Simon: Vous êtes convoqués à la café dans trente
minutes.

Moi (soudainement très réveillé): *QUOI???*

Simon et Rami sursautent.

Rami: Qu'est-ce qu'il y a?
Moi: Trente minutes? Ça me prend quarante-huit
secondes pour m'habiller! J'aurais pu dormir vingt-
neuf minutes douze secondes de plus! Pourquoi t'es
venu si tôt?

> ** Je sais pourquoi: il l'a fait exprès
> pour se venger.

JE LE DÉTESTE.

On est en bas moins de quinze minutes plus tard.

Il y a déjà une file pour manger, donc je me mets en ligne. William et Markus arrivent.

William: Salut, Lolo! Je peux manger avec vous? J'ai pas vraiment le goût de rester avec mon équipe plate...
Moi: Ben oui! Viens.

Il ne se passe rien de très excitant pendant le déjeuner. Mais, environ trente minutes après, une équipe de moniteurs entre en criant et en sonnant une cloche pour avoir notre attention.

On doit se mettre en équipe et se rendre sur le terrain de football le plus rapidement possible. Je rallie les «SABLE» et nous sommes les premiers sur le terrain.

L'organisateur/animateur de la journée parle dans un mégaphone. Il nous annonce que, puisque nous sommes arrivés les premiers sur le terrain, nous gagnons automatiquement *10 POINTS!!!!*

C'EST GÉNIAL!!

<u>Première épreuve</u>: les poches de patates. **FACILE!!**
C'est moi, le roi de la **POCHE DE PATATES**. Je suis super bon. Les «sable» sont contre les «bleus» (c.-à-d. l'équipe de Justine) et je me retrouve à courir **CONTRE** elle! Pauvre elle, je vais la planter, **SOLIDE**. Peut-être que je devrais la laisser gagner?

Dix minutes plus tard...

Non seulement j'ai failli prendre **2459** débarques, mais **JUSTINE** est partie comme une flèche et m'a battu d'environ **35 SECONDES**... j'exagère à peine. Elle aurait pu me laisser gagner... ou moins me planter. Oh! Non, je sais! Elle aurait pu m'attendre pour qu'on passe la ligne d'arrivée en même temps. C'est ce que j'aurais fait à sa place.

J'ai eu l'air d'un gros tata et je ne veux plus **JAMAIS** la revoir. Par chance, Markus est super bon et il a rattrapé (en tout) mon temps perdu. Il a battu tout le monde de **14 SECONDES**!

Moi: Ayoye! T'es donc ben bon à la poche de patates!
Markus: Au Sénégal, on naît dans une poche de patates.
Moi: Vraiment?
Markus: Mais non!

On éclate tous de rire.

Hiiiiiii huuuuuuiiiiie!!!!!

Justine s'approche de moi.

Justine: Bravo pour ta course.
Moi: J'ai eu l'air d'un twit!
Justine: Ben non! Tu t'en fais pour rien! C'est drôle. On est ici pour s'amuser, non?

Je hausse les épaules. **SI TU LE DIS.**

Moi, je suis ici pour m'amuser, mais aussi pour gagner.
Je **DÉTESTE** perdre... surtout contre une fille.
Sérieux, c'est quoi, son problème, d'avoir autant grandi
cet été?

Dans les autres épreuves, disons que je
n'ai pas super performé. Heureusement, les
«SABLE» sont assez impressionnants quand
vient le temps de sauter en longueur, en
hauteur, de résoudre des énigmes... et moi,
ben, je les **ENCOURAGE**.

GO! GO! GO! ;-)

MAIS! <u>Dernière épreuve</u>: le lancer de fléchettes...
en velcro. Bon, ça fait exprès. On termine avec une
épreuve dans laquelle je suis nul.

> ** Je joue souvent contre papa et je perds chaque fois.
> ** C'est de la faute à Simon. Je le déteste.

Il faut lancer une balle sur une cible. On a trois essais.
Évidemment, pour remporter un maximum de points, il
faut atteindre le milieu de la cible. Je mise juste trois
fois de suite!! J'ai le maximum de points!!

YOUPPI! J'AIDE (enfin) MON ÉQUIPE!

JE SUIS HEUREUX.

> ** Chanceux...

Pour finir la journée en beauté, on doit résoudre une énigme: Simon commence sa lecture en me fixant.

> **1)** Dans le monde virtuel, je suis un débat qui peut s'avérer conflictuel, mais je ne suis pas juste ça.

IMPOSSIBLE.

Aucune idée. Je suis tellement **POCHE** aux énigmes. Ils n'auraient pas pu nous noter sur des blagues qu'on raconterait? J'en connais plein de bonnes.

> **2)** Je suis aussi très gros, et dangereux pour l'homme même si je n'existe peut-être pas vraiment.

HAN? ça ne veut rien dire, ça. Je regarde mes amis et tous sont aussi ignorants que moi.

> **3)** Je ne parle pas français, car je viens de la Norvège.

Ben là! Je n'ai jamais mis les pieds en Norvège! Mes parents y sont allés il y a quelques années, mais je ne me souviens plus de ce qu'ils ont vu ou fait.

> ** Honnêtement, je n'écoutais pas à 100 % quand maman me racontait son voyage. Mais j'ai bien apprécié les **PHOTOS**.

> **4)** Les gens me confondent parfois avec un lutin.

Un lutin? Y a pas de lutins en Norvège!

Ils sont en Finlande, avec le père Noël!
La seule chose qu'il y a en Norvège, c'est
ce que maman m'a rapporté, qui traîne
dans le fond de ma garde-robe quelque
part. (Je l'ai caché après une semaine parce qu'il me faisait
peur la nuit. J'avais l'impression qu'il me regardait tout le temps
et ça m'empêchait de dormir.) ça a un super long
nez et ça s'appelle un... un **QUOI DÉJÀ?**
Ah oui! un...

Moi: ... *TROLL!*
Simon: Quoi?
Moi: Rien, j'ai juste dit un TROLL.
Simon: C'est ça!!!
Moi: Han? C'est la réponse?
Simon: Oui!

Tout le monde me saute au cou!! Grâce à moi, on
termine premiers!!! *JE CAPOTE!!* Merci, maman,
pour le troll, je vais le remettre sur le bord de la
fenêtre de ma chambre avec les souvenirs que j'aime.

** Mais je vais le placer dos à moi, pour
qu'il arrête de me fixer.

YOUPPI! **J'AI FAIT GAGNER MON ÉQUIPE!**

** Personne n'a besoin de savoir que
je ne répondais pas directement à la
question... J'ai eu la bonne réponse,
c'est ce qui compte.

JE SUIS TROP HEUREUX!

** Et le gagnant dans la catégorie «bouffon de l'année»: **PAS** CHARLES-OLIVIER!

Je suis très fier de recevoir ~~MA~~ notre médaille d'or.

** Et Justine vient me féliciter...

BOUM BOUM BOUM BOUM BOUM

J'arrive à la maison quelques heures plus tard. La première chose que je fais, c'est de courir à l'ordi voir mes courriels. Rien de la part de Justine. Oh! Déception... ~~MENTEUSE.~~ Elles sont toutes pareilles, les filles, des ~~maudites~~ menteuses.

Papa arrive près de moi.

Papa: Lolo, j'aurais besoin de l'ordi deux minutes.
Moi: Pourquoi?
Papa: Je pars pour Québec la semaine prochaine et j'ai besoin de trouver une hôtel.

UNE HÔTEL???

Je meurs d'envie de le reprendre. À son âge, il devrait enfin savoir que c'est **UN** hôtel. ça me gosse *SOLIDE* quand il dit ça. Je lui cède la place.

Moi: OK. J'espère que tu vas trouver _UNE_ hôtel. Y en a pas beaucoup, je pense.

Pendant ce temps, je vais vérifier le mot «asphalte». Un dossier à la fois.

Je monte à la chambre de Mélie pour prendre son dictionnaire.

A... A-m. A-n. A-??
Attends...

A-S. A-S-C. A-S-G. A-S-P. Voilà...

Ah! *ASPHALTE!!* = n. m. **NOM MASCULIN.**

UN ASPHALTE!!!!

VRAIMENT??? ÇA NE SE PEUT PAS?

Je pense que c'est une erreur. Ça se peut, **UNE ERREUR DANS UN DICO, NON?** Je vais appeler à la langue française pour leur dire que monsieur Larousse a fait une faute dans son dictionnaire...

** Hum, peut-être qu'on va me remercier en m'offrant un gros montant d'argent avec lequel je pourrais faire le tour du monde en classe affaires. Là, je saurais où se trouvent *TOUS LES PAYS DU MONDE!!!* PRENDS ÇA, RAMI!!!

Je ne comprends rien. **TOUT** le monde dit: <u>*UNE ASPHALTE.*</u>

** Peut-être que monsieur Larousse a raison? Je suis mêlé.

Comme mon père, qui dit toujours – **ET JE SAIS QUE CE SONT DES ERREURS** –: une aéroport, une avion, une hélicoptère, une hôtel. Pourtant, c'est *UN* aéroport, *UN* avion, *UN* hélicoptère *UN* hôtel.

UN SANDWICH!

P.-S.: ** Je pense que c'est parce qu'on dit: un bel hôtel. Et les gens confondent et disent: une belle hôtel. On ne dit pas un beau hôtel. C'est «BEL» hôtel et non «BELLE» hôtel. Mais il faut dire: l'hôtel est beau. Et non «bel». Je sais, c'est très compliqué de maîtriser le français.

Ça m'énerve quand les gens se trompent. Ma mère me reprenait toujours avant et, maintenant, elle me chicane quand je reprends les autres. C'est à n'y rien comprendre!

P.-S.: ** Elle dit que ce n'est pas poli de reprendre les gens.

P.-P.-S.: ** Quand je lui ai demandé pourquoi elle le faisait avec moi, elle m'a répondu que c'était son devoir de mère de m'éduquer. Et ça inclut le fait de me reprendre quand je me trompe.

BLA BLA BLA...

Mélie: Qu'est-ce que tu fais là, toi?

JE SURSAUTE.

Pour une fois que je ne fouillais pas dans ses affaires!

Moi: Je cherchais quelque chose dans le dictionnaire.
Mélie: Ben oui! Si tu penses que je te crois.
T'as encore fouiné dans mes choses PRIVÉES.

M-A-M-A-N!!

Moi: Non, j'te jure! On dit <u>un</u> asphalte ou <u>une</u> asphalte?
Mélie: C'est quoi, le rapport?
Moi: C'est ça que je cherchais dans le dict.
Mélie: Ben là, on dit une asphalte. Voyons!
Moi: NON, justement! On dit: <u>UN</u> asphalte!
Nom masculin.
Mélie: Papa dit toujours <u>une</u> asphalte.
Moi: Oui, et il dit toujours <u>une</u> hôtel et <u>une</u> sandwich.
Mais c'est <u>UN</u> hôtel et <u>UN</u> sandwich!
Mélie: Sors de ma chambre maintenant.
Moi: C'est vrai!
Mélie: SORS-DE-MA-CHAMBRE!

P.-S.: ** Sérieux? Pour une fois que je suis gentil et honnête. En plus, elle va se coucher moins niaiseuse ce soir (si ça se peut) grâce à MOI.

Moi (me retournant vers elle, avant de sortir – la bonne vieille technique pour avoir le dernier mot)**:** Il y a un vrai lac rose au Sénégal, tu sauras. À KADAR.

Elle m'observe un moment, puis lève les yeux au ciel.

49

Mélie: C'est *DAKAR*, épais.

JE ME FIGE. ZUT. ME SUIS ENCORE FAIT PIQUER LE DERNIER MOT!

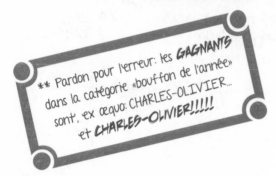

** Pardon pour l'erreur: les *GAGNANTS* dans la catégorie «bouffon de l'année» sont, ex æquo: CHARLES-OLIVIER... et *CHARLES-OLIVIER!!!!!*

Mélie: Sors de ma chambre, j'ai dit!
Moi: Pas de problème. (Juste avant de sortir, je me retourne.)
On dit: <u>UNE</u> conne-de-sœur.

Je sors de sa chambre. Et *VLAN* dans les dents!
(<u>Meilleure technique pour se garantir le dernier mot</u>: quitter la pièce avant que l'autre ne parle.)

UN ASPHALTE   UN ASPHALTE

UN ASPHALTE   UN ASPHALTE

UN ASPHALTE

UN ASPHALTE

UN ASPHALTE   UN ASPHALTE

UN ASPHALTE

** J'ai avantage à m'en souvenir.

** Ça y est! Me tromperai plus.

Je me couche le soir et, **même si je ne le veux pas**, je pense à Justine. Euh, pas à *ELLE* directement, mais à ce qu'elle m'a dit. **LE COURRIEL**. Je ne comprends pas que je n'aie rien reçu. Elle s'est peut-être trompée d'adresse courriel et c'est quelqu'un d'autre qui l'a reçu à ma place? **OH...** J'espère qu'elle ne disait rien de trop personnel... Ça serait gênant. Mais j'aurais bien aimé le recevoir quand même...

 **23 AOÛT.**

Je me réveille en pensant encore à l'histoire du courriel. Je sais que ça fait deux jours et que je vais voir Justine dans trois jours, mais ça m'achale de ne pas savoir. Je serais très étonné qu'elle m'ait menti... mais ça se peut, car je n'ai pas de courriel de sa part.

Plus tard, j'ai laissé deux messages à Max pour savoir s'il veut venir jouer à la maison, mais il ne me rappelle pas. J'appelle Will.

Will: Salut, Lolo!
Moi: Qu'est-ce que tu fais?
Will: Je me pogne le derrière avec ma gardienne.
Moi: Cool. Moi, je me le pogne tout seul. Tu veux venir te le pogner chez moi?
Will: Oh! Ouiiiiiii!!!
Moi: Je vais demander à ma mère, mais je suis sûr qu'elle va vouloir, et tu pourras rester à souper si ça te tente.
Will: C'est sûr que ça me tente. Surtout que mes parents sont en Islande.
Moi: Sont pas déjà allés en Islande?
Will: Non, ils étaient en Irlande.

ISLANDE, IRLANDE.
SÉRIEUX, Y A JUSTE UNE LETTRE DE DIFFÉRENCE.

Moi: Oh.
Will: Moi, je mêle toujours les deux. L'Islande, c'est là où il y a le volcan avec le nom plein de lettres imprononçables.

HAN??

** Note à moi-même: demander à Rami de quoi il parle...

Will: En tout cas, c'est pas grave. Bon, je pars dans quelques minutes... À plus.

JE RACCROCHE.

Moi: *MA-MAAAAAAAN!*

Dans le sous-sol, trente minutes plus tard...
William et moi jouons à la Wii et je me fais planter.
Pas grave, j'ai quand même du plaisir. Les jumeaux ne
sont pas là, Mélie non plus. Elle est partie chez son amie
Nana. Elle avait besoin de «changer d'air», comme elle
disait. Je peux comprendre, elle a passé des semaines au
lit pour se remettre de son accident de vélo.

Le téléphone de William sonne. Il regarde le numéro et
fronce les sourcils.

Moi: C'est qui?
Will: Mes parents.
Moi: Tu le prends pas?
Will: On joue, là.
Moi: Ben là, c'est pas grave, je vais «pauser» la partie.
Heille, ils sont en Isl- En Irl- Euh... en voyage.

JE NE PRENDS PAS DE RISQUE.
JE «PAUSE» LA PARTIE.

WILL ROULE LES YEUX.

Will (impatient... et je peux comprendre, on est en **plein
milieu** d'une partie): Allô?

Je n'entends pas ce que ses parents lui
disent, mais il semble très ennuyé. Il me
regarde et roule toujours les yeux.

Will: Non, je n'ai rien reçu. Oui, ça m'a causé des problèmes. OK. Tant mieux si vous avez du fun. Moi, j'en ai encore plus avec Lolo. Oui, je suis chez lui. C'est pas vrai! Ça leur fait plaisir!! Tant qu'à toujours être tout seul à la maison.

Oh, je commence à me sentir mal. William est malheureux de toujours être seul avec sa gardienne. Il ne me l'a jamais dit, mais ça se voit.

Will: Ben oui, c'est ça. Prends-en beaucoup, comme chaque fois. Ben oui, c'est ça. As-tu fini, là? Parce que tu me dérangeais. C'est ça, salut.

Il raccroche. Il est visiblement pompé.

Will: On continue?
Moi: Euh... pis? Tes parents?
Will: Ben, sont en Islande, pis ils ont ben du fun.

William fixe la télévision sans ajouter un mot. J'ai l'impression qu'il a envie de pleurer. Je ne sais pas trop quoi faire, là. Je réfléchis quelques secondes pendant que William continue de fixer le téléviseur.

AAARGH... Je déteste ce genre de situation. Qu'est-ce que je fais??

WILLIAM VA ÉCLATER EN SANGLOTS.

Je prends une décision: je laisse tomber la manette du jeu.

Moi: Ça va, Will?

William fait «OUI» de la tête sans se retourner. Je sais que ça ne va pas.

Moi: Désolé, mais je te crois pas. Je peux faire quelque chose?

Il baisse la tête. Je vois bien qu'il ne veut pas pleurer devant moi. Mais c'est plus fort que moi. Je m'avance vers lui pour lui prendre les épaules. Il me tourne le dos.

Moi: Je suis ton ami, Will. C'est correct, tu peux me parler.

IL HAUSSE LES ÉPAULES.

Moi: Will...

Will (éclatant en sanglots): Je suis tellement tanné de parler à mes parents au téléphone! Ils sont jamais là! Et ma mère ne comprend pas pourquoi je me plains. Elle dit qu'elle ne me laisse pas seul et que j'ai tout ce que je veux. Mais j'en ai rien à foutre de tout ça, moi! C'est mes parents que je veux!

Sérieux, j'ai le motton dans la gorge. Je prends une grande respiration parce que j'ai le goût de pleurer avec lui. Je comprends qu'ils veuillent visiter tous les pays du monde avant de mourir, mais c'est pas une raison pour laisser leur fils unique seul à la maison.

<u>J'ai envie d'appeler sa connasse de mère
et de lui dire que:</u>

1) Elle est riche, mais elle est conne;
2) elle est une mauvaise mère;
3) elle devrait être dénoncée à la *DPJ*;
4) je n'ai jamais rencontré d'aussi mauvais parents qu'eux;
5) ils auraient pu au moins engager une gardienne qui parle français.

FRANCHEMENT !

Moi: Je suis désolé... Je ne sais pas quoi te dire.

William s'essuie les yeux rapidement, comme pour effacer le fait qu'il vient de s'ouvrir à moi. Je sens un malaise entre nous.

PAUSE.
LONGUE PAUSE.
TROP LONGUE PAUSE.

Je dois absolument trouver quelque chose à dire pour changer de sujet.

Moi: Justine a dit qu'elle m'avait écrit cet été, mais j'ai rien reçu.

William se retourne vers moi.
** Oups. Je n'aurais pas dû dire la première chose qui me soit passée par la tête.

Will: Han?
Moi: Elle m'a dit qu'elle m'avait écrit, mais j'ai rien reçu.

William me fixe comme pour dire: «T'as pas rapport.»
Je hausse les épaules, et il comprend rapidement que
j'en parle uniquement pour tenter de lui changer les
idées.

Will: As-tu vérifié tes pourriels?

Je fige.

NOOOON!!!

William devine ce que j'ai en
tête. Il me suit à l'ordi.
** Je m'y rends en un temps record
de 14,8 secondes!

MON DOSSIER POURRIELS:

**À: lolo4428@(secret!!).com
De: Justine_ski_fun@(secret).com**

Salut Charles-Olivier,

J'espère que tu passes un bel été. Je suis allée à
Saint-Anicet avec ma famille et c'était bien, mais il a plu.
Je sais que tu es au Kamp P. avec Max. J'espère que
vous avez du plaisir et du meilleur temps que nous.
Bref, bon été! Tu me donneras des nouvelles quand tu
pourras.

JUSTINE

OH, c'est juste ça. Rien pour s'énerver.
** Pas que je l'étais.

William me donne un coup sur le bras.

Will: Ouain... c'est cool, ça.
Moi: Ben là! Elle ne dit rien de bien intéressant.
Will: Elle a pensé à toi pendant les vacances.

Il sourit. Au moins, on a changé de sujet. Mais je suis pas certain de préférer celui-là.

Will: Qu'est-ce que tu vas lui répondre?
Moi: Rien.
Will: Comment ça, rien?
Moi: Je lui ai déjà dit de vive voix ce que j'avais fait cet été! Pas besoin de lui écrire en plus!!
Will: Non, mais ça peut être une façon d'ouvrir une nouvelle conversation avec elle.
Moi: Une nouvelle conversation de quoi?
Will: Je sais pas, moi. Pour savoir ce qu'elle fait, etc.
Moi: Dans trois jours, je vais commencer à la voir cinq jours par semaine. Je vais savoir ce qu'elle fait!
Will: Laisse faire.
Moi: OK. Viens, on va jouer.

Peut-être que je pourrais lui écrire? Et lui demander si elle a envie d'une nouvelle conversation? Ça serait gentil de répondre ça, non?

JE VERRAI.
** Un autre dossier à gérer.

26 AOÛT.

(Assis au pied de mon lit. 🐾 rileux
est à mes côtés et il fait chaud.)

Dernière journée avant la rentrée. Je suis un peu
nerveux, mais content car j'ai des chances de me
retrouver dans la classe de quelqu'un que je connais.
Si j'avais à décider, je choisirais William, Max, Rami et
Markus. ~~Oh, et Justine.~~ Mais je suis sûr que je vais
me retrouver avec Yarmov. Yavros. Yarod? Vlasrov?
ZUT! Je le savais, c'est impossible de retenir ce nom.
Ce gars-là ne peut vraiment pas devenir mon ami... à
moins de porter une étiquette avec son nom sur son
chandail durant toute l'année.

> ** Oh! J'ai une idée: je vais me faire ~~hip
> hipnos~~ ~~hypsotte~~ hypnotiser pour m'en
> souvenir! C'est vrai, il y a des gens qui
> font ça pour arrêter de fumer.
> ** *OH! OH!!* Meilleure idée!!! = Je vais faire
> broder son nom sur sa casquette rouge...
> comme il la porte tout le temps.

Maman m'appelle pour souper. Les jumeaux ont
commencé l'école ce matin. Lulu va sûrement placoter
comme une petite pie ce soir. Je ne vais pas pouvoir
placer un mot, comme d'habitude.

On cogne à ma porte. C'est **MÉMÉ**.

Moi: Qu'est-ce que tu veux?

P.-S.: ** Je sais très bien ce qu'elle veut. Elle a besoin d'aide pour descendre les escaliers car ses fractures ne sont pas encore toutes guéries.

Elle me regarde avec ses grands yeux. Je sais qu'elle se retient pour ne pas pleurer. C'est très difficile pour elle de me demander de l'aide.

Je sais que je pourrais jouer le petit frère baveux en ce moment, mais ça n'en vaut pas la peine. Elle passe une très **MAUVAISE** période et je sais qu'elle pleure souvent. Maman me l'a dit. (En plus, elle fait pitié avec ses grands yeux pleins d'eau.)

P.-S.: ** Et je sais que Simon a une nouvelle blonde, mais je n'ai pas osé lui en parler. C'est méchant et injustifié de faire autant de peine à quelqu'un, même si c'est Mémé.

Je l'aide à descendre.

Mémé: Merci, Lolo.
Moi: De rien.

C'est une drôle d'expression, «de rien». Car, en retour, je pourrais lui dire «de... QUELQUE CHOSE» (comme):

1) Un nouveau jeu pour la Wii.

2) À partir de maintenant, je te demande 3$ pour t'aider à monter et 3$ pour descendre. Mais, si tu achètes un aller-retour, tu as un rabais et c'est 5$.

3) Tu me libères de ma soirée de vaisselle
pendant *3 SEMAINES*.

Je pense que les gens ne se rendent pas compte
des occasions qu'ils manquent lorsqu'ils répondent «*DE
RIEN*» à leurs amis.

Mémé: Dis, tu ne m'as pas parlé du camp de
fraternisation.
Moi: Oui. Je t'ai dit que j'avais un t-shirt «sable»
et que j'avais rencontré deux personnes: un Indien
et un Ségé, euh... Sénégalais français qui m'a parlé
de Dak–
Mémé: As-tu vu Simon?

OH!... OH!...

** Me doutais qu'elle m'interromprait comme ça.

Moi: Euh...
Mémé: Tu peux me le dire. Je sais qu'il y était.
On devait y aller ensemble.
Moi: C'était mon moniteur. J'ai vraiment pas
eu de chance.
Mémé: Ah... Pis?
Moi: Pis quoi?
Mémé: Il est en forme?
Moi: Bof... je ne lui ai pas vraiment parlé.
Mémé: Ah non? Pourquoi?
Moi: Ben... je ne l'ai jamais vraiment aimé.
Mémé: Menteur! Tu l'adorais!!
Moi: Peut-être, mais plus maintenant!
Je le trouve con.

Je quitte pour la cuisine. De toute façon, nous sommes rendus au pied des escaliers. Elle n'a plus besoin de mon aide.

Nous sommes à peine assis à table que Lulu commence.

Lulu: Je suis dans la classe de madame Marie-Josée. Elle est trop super fine.

Je sais, je l'ai eue, moi aussi.
SUPER FINE.

Lulu: Et je suis encore avec Tutu. Je suis toujours dans la même classe que Tutu. Maman, pourquoi je suis toujours dans la même classe que Tutu?
Maman: Je ne sais pas, je crois que la direction ne veut pas séparer les jumeaux quand ils ne sont pas tannants.
Lulu: Ah bon? Comment ça?
Maman: Je ne sais pas.
Lulu: Je ne comprends pas.
Moi: Y a rien à comprendre, Lulu, c'est comme ça. On jumelle les jumeaux, à cette école-là. Héhé.

Toute la famille part à rire. **SAUF MÉMÉ.** Elle me fixe sans rire de ma blague. On dirait qu'elle se doute que je sais quelque chose sur Simon. Ça m'énerve.

JE NE SAIS RIEN!

Je ne peux pas **CONFIRMER** à *100 %* qu'il a une nouvelle blonde. Même si je peux l'affirmer, car ils étaient toujours ensemble. Mais je peux faire semblant que ce ne sont que des rumeurs.

Il y en a plein à l'école, on ne peut pas se fier à ça. On dirait que les gens aiment ça, dire n'importe quoi juste pour se rendre intéressants. Donc, ce n'est pas valide, si Mélie me le demande.

<u>Après le souper</u>:
Mémé: Charles, ça te dérange de m'aider à monter?

Oui, ça me dérange énormément, parce que je sais que tu vas me poser cent mille questions sur Simon.

Moi: Euh... C'est que je vais faire la vaisselle.

Papa, maman et Mémé en même temps:

Comme si je ne faisais jamais la vaisselle!! Franchement, je suis insulté.

Moi (jouant l'insulté à fond): Ben là! Qu'est-ce qu'il y a?
Maman: Depuis quand tu offres de faire la vaisselle quand c'est pas à ton tour, toi?
Moi: J'ai pas le droit de vouloir aider ma maman chérie?

ELLE NE ME CROIT PAS, MAIS JE LUI FAIS UN GROS CÂLIN ET ELLE CRAQUE.

** Ça fonctionne à tout coup.

Papa (à ma sœur)**:** Viens, je vais t'aider à monter.

FIOU! JE ME SORS DE L'INTERROGATOIRE... MAIS PAS DE LA VAISSELLE. :-(

** C'est le prix à payer pour avoir la paix avec Mélie... et voir maman sourire.

Je me couche, mais je mets du temps à m'endormir. J'espère *TELLEMENT* que mes amis seront dans ma classe.

27 AOÛT.

La rentrée scolaire.

    (Assis au bureau de ma chambre, je suis dans la lune et je fixe le paysage à travers la fenêtre. Je suis presque certain que je n'ai pas cligné des yeux dans la dernière heure... euh, du moins, j'en ai l'impression. Si c'est possible. Il a fait très soleil aujourd'hui.)

Je repense à ma première journée au secondaire...

Dès mon arrivée, j'aperçois Justine dans le couloir avant de monter à ma classe. *OUF.* On dirait que mon cœur se serre un peu. Je devrais peut-être lui dire que j'ai lu son courriel et que, si j'ai pas répondu, c'est que je cherchais une idée de conversation? Elle est seule à sa case. Je devrais en profiter pour aller lui parler. Je m'avance vers elle.

SOUDAIN, IL Y A UN HURLEMENT!!

Max: Salut, Lolo!

Je sursaute. C'est Max!

Moi: Oh! Salut, Max...

J'observe Justine du coin de l'œil. Elle vient de remarquer ma présence.

Moi: Je ne t'avais pas vu.
Max: Je viens d'arriver, j'étais derrière toi. J'espère qu'on sera dans la même classe!
Moi: Moi aussi.

Justine passe à côté de moi.

Justine: Salut, Charles!
Moi (mon cœur bat vite)**:** Salut!!!

Je me retourne vers Max.

Moi: On monte?

Je pars vite avec Max. J'espère que Justine ne sera pas choquée. Mais Max va me baver si j'entame une conversation avec elle. Si ça avait été William, ça aurait été plus facile. Il est plus cool. En tout cas, dans ce genre de situation.

** Surtout que c'était *SA SUGGESTION* d'entamer une nouvelle conversation.

Comme prévu, Max n'est pas dans ma classe.

VRAIMENT POCHE.

Par contre, William, Rami, Markus et moi sommes ensemble... avec Justine. C'est trop **COOL!!**

JE CAPOTE!

J'aime ma nouvelle école. C'est grand, et il y a beau-coup de monde. Je ne suis pas habitué, car on doit descendre entre chaque période pour aller chercher nos livres dans nos cases. C'est fou, le monde qu'il y a dans les escaliers quand la cloche sonne. On se croirait dans un film d'ados américain. J'ai toujours cru que c'était exagéré, mais ça ne l'est vraiment pas.

Mon professeur titulaire s'appelle Carmen... **LAMARRE**... Je ne blague pas... **MADAME LAMARRE**. C'est ainsi qu'on doit l'appeler. Comme **LA** madame Lamarre du Kamp P. (Voir carnet N° *2*.)

** Plus je la regarde, plus je lui trouve des ressemblances avec... madame Janine Lamarre. La grande sœur de **VICTOR**.

P.-S.: ** Je me demande si cette madame Lamarre avait un petit frère nommé **VICTOR**...

Peu importe.

VOICI LE POINT FORT DE MA JOURNÉE:

Je croise Mélie dans le couloir alors que je marche avec William. Elle avance avec ses béquilles, en compagnie de son amie Valérie:

Moi: Salut, la sœur.
Mémé: Salut, William! Wow! T'as perdu beaucoup de poids. Ça te va bien!
William (rouge comme un camion de pompiers et ses yeux faisant le gyrophare)**:** Merci, Mélie. J'ai fait ça juste pour toi. Comment vas-tu?
Mémé: Je remonte la pente tranquillement.

Valérie et moi nous regardons.

William: T'as l'air mieux que ce que Lolo disait.

Mémé ne se tourne même pas vers moi. Je hausse les épaules.

Moi: Quoi?
Mémé: Il aime ça, exagérer. Il ne faut pas lui en vouloir.

DEPUIS QUAND ELLE EST GENTILLE, ELLE?

Mémé: En tout cas, il n'a pas exagéré en disant que t'avais per–

Et là, elle s'arrête de parler. Je pense qu'elle va tomber dans les pommes. On se regarde tous en haussant les épaules. En me retournant pour suivre la direction du regard de Mélie, je comprends.

Simon passe avec Julie, sa «je-sais-mainte-nant-nouvelle-blonde», qu'il tient PAR LA MAIN.

Mémé ne sait plus quoi dire ni quoi faire. Sérieux, j'ai pitié d'elle. Le maudit Simon-de-merde. Et sa **TROP-CONNE-DE-NOUVELLE-BLONDE**. William les observe un moment et, juste avant que Simon ne passe devant elle, il prend Mémé dans ses bras et...

L'EMBRASSE!!

** Sur la bouououououche.

Même si c'est vraiment pas long (genre: faut pas cligner des yeux, parce qu'on risque de le manquer), je passe près de dégueuler. Mais le plus intéressant est que Simon est bouché. Il s'arrête près de nous.

Simon (sous le choc): MÉLIE???

William se tourne vers Simon (après avoir fini d'embrasser **MA SŒUR!**).

William (vraiment très cool): Je peux t'aider?
Simon: T'es qui, toi?

William: **TOI,** t'es qui?
Simon: Moi, je suis son...

Il montre Mélie.

Simon: Son...
William: Son, son... Son quoi?
Simon: Rien.

William se retourne vers Mélie,

QU'IL TIENT TOUJOURS PAR LA TAILLE!!!

William (à Mélie): Tu ne m'avais pas dit que tu avais un «rien»!

Simon et Julie s'en vont. Julie est furieuse et tape Simon derrière la tête. William rit toujours de sa blague... et Mélie a les yeux dans la «graisse de bines» en le fixant.

Valérie et moi n'en revenons pas.

** Sans compter que je vais sans aucun doute dégueuler, même si ce n'était pas un gros bec.

LA CLOCHE SONNE.

William: Viens, Lolo, on va être en retard. À plus tard, les filles!

Mélie fixe toujours William sans dire un mot. Valérie est sous le choc. Et moi, bien, je ramasse ma mâchoire au sol avant de repartir.

BIENVENUE CHEZ LES GRANDS!

6 SEPTEMBRE.

(Dans le couloir, près de ma case... Ce n'est pas le bon corridor, car je me trompe toujours de rangée, alors je dois revenir sur mes pas. Ça fait **5 FOIS** que je me mélange en une semaine. C'est une moyenne d'une fois par jour, ça. **PAS FORT**. J'ai hâte que ça me rentre dans la tête.)

RAMI ARRIVE EN TROMBE ET ME SAUTE DESSUS.

Rami: Lolo? Tu ne m'avais pas dit que tu formais un pays avec William!

Moi: Oui, bien on voul...

Rami: WI-LO-MAX! Il m'en a parlé! Vous avez décidé de créer un pays pour les jeunes. Et vous prenez les premières syllabes de vos prénoms pour composer le nom du pays! Je peux être le faux-ministre des Affaires étrangères?

Moi: C'est plutôt WI-LO-MA-JO, parce que mon cousin Joje est dedans aussi. Il va être faux-vice-premier ministre, mais on n'est pas encore fixés.

Rami: Tu DOIS me nommer faux-ministre des Affaires étrangères, j'ai une méga bonne idée.

Moi: Ah oui? Laquelle?

Rami: On va illustrer un monument historique de chaque pays dans WILOMAX, afin d'honorer les autres pays et de les inviter chez nous.

P.-S.: ** Pas sûr de comprendre.

Rami: Ce que je veux dire, c'est qu'on va exposer un petit TAJ MAHAL en l'honneur de l'Inde, une TOUR EIFFEL pour la France, BIG BEN pour le Royaume-Uni, et ainsi de suite.

Moi: Big Ben, ce n'est pas à Londres?

Rami: Oui, mais on parle de pays, pas de ville.

Moi: Londres, ce n'est pas en Angleterre?

Rami: Techniquement, oui, mais ça fait partie du Royaume-Uni. Avec l'Écosse, l'Irlande du Nord et le pays de Galles. C'est comme l'Ontario, le Québec et les autres provinces qui forment le Canada. Tu vois?

Non! Pas encore le iPad.

(!!!)

Rami: Tiens, regarde. Tu as ici l'Angleterre, l'Écosse, le pays de Galles. Ces trois nations constituent la Grande-Bretagne. Et, quand tu ajoutes cette partie, l'Irlande du Nord, tu obtiens le Royaume-Uni. Tu comprends?

Très bien. Rami devrait être professeur de géographie en sixième année, PARCE QUE CE N'EST PAS ça que j'avais compris.

** Avec lui, c'est sûr que je vais avoir *100 %* *GARANTIS* dans mon bulletin en géo. Youppi! J'adore mon nouvel ami indien!

Moi: Ah oui! L'Irlande. Justement, les parents de William sont là en ce moment.
Rami: Ah bon? Ils ne sont pas en Islande?

Markus surgit, suivi de William quelques secondes plus tard.

Markus: Salut, les mecs! Ça gaze?
Rami: Lolo a formé son pays.
Markus: Ah ouais? C'est génial, quoi.
Moi: Quoi, quoi?

Mais Rami enchaîne...

Rami: Débile, et je serai le faux-ministre des Affaires étrangères.
Markus: Ah! Super! Alors, du coup, il faudra me trouver aussi un poste, quoi!

P.-S.: ** Je ne comprends pas pourquoi Markus dit toujours «**QUOI**» à la fin d'une phrase. Mais je n'ose pas le lui demander. Ça doit être:

1) Un *mauvais tic* nerveux.

2) Une expression comme «*GENRE*», «*POCHE*» ou «*TROP COOL*», mais <u>surutilisée</u>.

3) Des restes de son enfance. (*??*)

4) Je ne sais pas quoi d'autre, mais ça m'énerve *SOLIDE*, quoi.

MOI: D'ACCORD, QUOI.

*OUPS. DU COUP***, c'est sorti tout seul. William et Rami ne peuvent réprimer un sourire.

*DU COUP*** = une autre expression gossante et surutilisée de Markus.

William: On monte à la classe?
Moi: Oui. Ça va, Will?
William: Super, je jasais avec ta sœur.

** Rapport?

Plus tard, dans ma chambre:

Je suis à mon bureau et je fais mes devoirs.
Lulu entre avec une espèce de grosse pancarte mauve gribouillée.

Lulu: Je peux te réciter ma présentation orale?

Oh non! Elle ne va pas recommencer comme l'an dernier avec ses maudits
oraux plates.

(** Sauf celui sur la crevette-mante.
Je l'ai trouvé intéressant, celui-là.)

Moi: Justement, Mélie m'a dit qu'elle se peut plus
de l'entendre.
Lulu (naïve): Ah bon? Elle vient de me dire la même
chose de toi.

** = La maudite

Lulu: Allez! Ça va prendre une minute 44 secondes.
Moi: Bon, d'accord.

Elle me montre fièrement sa pancarte. **OH LÀ
LÀ...** Je comprends que ça représente la famille, mais
elle aurait pu se forcer un peu... **OU AVOIR PLUS DE TALENT**.
La seule raison pour laquelle je reconnais maman, c'est
la présence de quelques longs cheveux bruns. Tiens, Lulu
a même dessiné 🐾 rileux. Bizarre, on dirait qu'il a une
PERRUQUE brune sur la tête. Et moi, je suis tout seul à

l'autre bout. Elle aurait aussi bien pu me traiter de chien, je ne suis même pas avec la famille. Et, pourtant, je suis presque toujours fin avec elle et elle m'aime bien. Enfin, *JE PENSAIS*.

** Je vais en parler avec maman. Peut-être Lulu doit-elle consulter un psy?

Je me force pour être gentil avec mon **ADORABLE** petite sœur.

Moi: C'est gentil d'avoir dessiné Frileux. C'est vrai qu'il fait partie de la famille.

Je montre 🐾rileux.

Lulu: C'est pas Frileux, ça! C'est toi!
Moi: Han?? Mais je ressemble pas à ça pantoute?? À quoi t'as pensé?

En voyant les yeux de ma sœur s'embrumer, je préfère mentir.

Moi: Mais non, je blaguais! Je savais bien que j'étais là... avec les on-dirait-quatre-pattes.

Sérieux, aussi bien dire que j'ai l'air d'un chien.

Lulu: Tu peux me ~~crono cronho~~ chronométrer?
Moi: Avec plaisir!

Même si je n'en ai rien à foutre. Je ressemble à Frileux? Heille, elle exagère, là. Y a **A)** «pas être bon en dessin» et **B)** «être vraiment nul en dessin». Lulu, c'est l'option **A) + B)**. *SOLIDE.*

Lulu: Bonjour, la classe et madame Marie-Josée. Aujourd'hui je vais– Est-ce que t'as parti le chrono?
Moi: Oui, oui! Vas-y, continue!
Lulu: OK, euh... J'étais rendue où, déjà?

Moi: Bon. Recommence, là.

À moi-même: AAARGH...

Lulu: OK. Euh... Ah oui! Euh...
Moi: Bonjour, la classe...
Lulu: Ben oui! Je l'sais!
Moi: Ben dis-le, si tu l'sais!!
Lulu: Aaargh! Arrête! Je veux l'dire, mais tu m'interromps toujours!
Moi: OK, j'arrête. Vas-y.
Lulu: Oublie pas le chrono.
Moi (je suis à deux cheveux de lancer le chrono par la fenêtre): Vas-y!!!!! Envoye!!!
Lulu: Woh, panique pas, parce que je l'ferai pas!

ooooooooh que ça me démange de répondre:

    1) Ben fais-le pas, je m'en fous!
    2) Tant mieux, c'est sûrement plate de toute façon.
    3) Bon débarras!

Mais, puisque je sais qu'elle va se mettre à pleurer et que maman va se choquer contre moi, je ne dis rien d'autre que:

Moi: Désolé. Vas-y, je pars le chrono.

Lulu: Bonjour, classe, et– Euh... Est-ce que je dois dire «bonjour, *LA* classe» ou juste «bonjour, classe»??

AAARGH!!! JE VAIS L'ÉGORGER!!!

7 SEPTEMBRE.

** (Assis par terre, au pied de mon lit. 🐾 rileux est encore dans ma chambre. Je crois qu'il s'est ennuyé de moi lorsque j'étais parti au camp.)

Il n'est pas arrivé grand-chose d'intéressant à l'école, mais je *DOIS CONTER* ce qui s'est passé à la maison parce que c'était vraiment trop drôle. Maman nous prépare des smoothies au petit déjeuner.

On déteste ça, mais elle nous oblige à en boire un demi-verre tous les jours. Jusque-là, pas de problème. Ce matin –**JE JURE QUE JE NE LE FAIS PAS EXPRÈS!!**–, je prends le verre et il me glisse entre les doigts. **RÉSULTAT??** Le smoothie aux fraises **(ROUGE FONCÉ!!)** se renverse au complet sur mon chandail... bleu pâle. Maman est furieuse. Je dois me changer de la tête aux pieds (en fait, aux jambes, car je n'ai pas à changer mes bas) car j'en ai partout, et c'est collant. Mélie me regarde en riant, sans aucune pitié, pendant que maman me chicane. **OK, OK**, je fais dur, mais je n'y peux rien. Ce qui est fait est fait.

MAIS...

** Et c'est ici que l'histoire devient intéressante!

Quelques minutes plus tard, Mélie se verse un verre de lait... et en renverse la moitié au sol!!!

Maman: Aaargh!!! C'est un complot ce matin ou quoi???
Mélie: Je ne sais pas ce qui est arrivé.
Maman: Le smoothie de Charles, ce n'était pas assez? Ça fait dix minutes que je nettoie.
Mélie: Maman!?!? C'était un accident! Je vais m'en occuper.
Maman: Laisse faire, t'es pas en état de nettoyer. Je ne voudrais surtout pas que tu te blesses à nouveau.

À mon tour de regarder Mémé et de me moquer d'elle, sans pitié.

Maman: Allez! Dépêchez-vous! Allez brosser vos dents, on va être en retard.

Les jumeaux nous observent fièrement. Pour une fois que ce ne sont pas eux qui font les gaffes.

BLA BLA BLA PAS IMPORTANT DURANT LA JOURNÉE, SAUF QUE JUSTINE ME TAPE SUR LES NERFS.
(Elle vient toujours me parler comme si on était meilleurs amis.)

<u>Le soir, au souper</u>:

Papa n'est pas là ce soir, il mange avec son meilleur ami, Maxime. Maman prépare des escalopes de veau au citron avec des pâtes aux œufs. Après avoir versé les pâtes dans la passoire, elle les remet dans le chaudron pour y ajouter du beurre, de l'huile d'olive et du sel (**J'ADORE ÇA!**). Mais les pâtes (**QUI SONT CERTAINEMENT TROP GLISSANTES, CAR IL RESTE DE L'EAU DE CUISSON**) glissent directement sur le comptoir!!

** Pas toutes, mais une bonne partie.

Maman: AAAAAAARGH!!!!!!!

Moi: Ha! Ha!

J'éclate de rire comme un ~~gros~~ épais.

Maman: Qu'est-ce qu'il y a de si drôle?

Moi: Rien, c'est juste que c'est à ton tour de gaffer ce soir!

Maman vient pour ouvrir la bouche, mais on entend un méga bruit d'assiette qui se fracasse au sol. Ma petite sœur se tient debout sans broncher, au-dessus des débris d'assiette.

Maman: Non mais, c'est pas vrai!?!?
Lulu: J'ai pas fait exprès! Elle m'a glissé des doigts!!

LA PETITE EST AU BORD DES LARMES.
MAMAN **BOUILLONNE**.

Maman empoigne le balai pour ramasser les

200 903 162 810

morceaux de l'assiette cassée. Elle est de toute évidence **TRÈS CONTRARIÉE**.

P.-S.: ** La raison pour laquelle je le sais, c'est qu'elle ne dit pas un mot. Elle ne crie pas, elle ne rouspète pas, elle ne dit absolument rien.

P.-P.-S.: ** Pour moi, c'est encore pire que si elle s'emportait. Si j'étais Lulu, je me ferais très petite en ce moment.

P.-P.-P.-S.: ** Je pense sincèrement que maman devrait se fâcher. Elle ramasse les miettes d'une façon très agressive et c'est encore plus épeurant.

Mélie entre dans la cuisine, suivie de Tutu.

Mélie: Qu'est-ce qui se passe?

Maman ramasse toujours sans dire un mot. Je regarde Mélie en lui faisant signe de ne surtout pas en rajouter.

MAMAN BALAIE TOUJOURS EN SILENCE.
** Elle me fait peur.

Tutu: Lulu, qu'est-ce que t'as fait?

MÉLIE ME REGARDE, PUIS CHANGE DE SUJET.

Mélie: Tutu, mets la table avec Lolo. Je vais servir les assiettes comme je peux.

Maman est toujours silencieuse.

{ OOOOH! QU'ELLE EST FURIEUSE. }

Elle termine de tout jeter à la poubelle.

Maman: Ça va, je vais le faire.
Mélie: T'es certaine? Je peux t'aider, si tu veux.
Maman: Non merci. Je n'ai pas envie qu'il arrive encore quelque chose.

ET MOI DE DIRE UNE CONNERIE, COMME D'HABITUDE**.

Moi: Ne manque que Tutu et on va avoir fait le tour de la famille aujourd'hui.

> Maman s'arrête sec. Elle me fixe sans dire un mot. *OH! OH!...* Je sens mon cœur battre rapidement. Pourquoi ne me suis-je tout simplement pas tu, comme les autres?

** BOUM BOUM BOUM

Mélie prépare une assiette pour Lulu, qui est déjà assise à la table. Tutu, lui, se verse un verre d'eau qu'il boit à moitié avant de s'asseoir.

MAMAN ME FIXE TOUJOURS.

** Elle semble réfléchir. Et son calme me stresse. Je devrais perdre connaissance, ça détendrait l'atmosphère... Où sont les petits points noirs quand on en a besoin? Personne n'ose dire le moindre mot.

ELLE TOURNE LES YEUX VERS TUTU. ON DIRAIT QU'ELLE ANALYSE LA SITUATION. COMME UN LION DANS LE SERENGETI* QUI OBSERVE SA PROIE AVANT DE L'ATTAQUER.

(* C'est une expression de Rami. Le Serengeti est en Afrique, mais je vais lui demander c'est où exactement. C'est certain qu'il le sait, avec son iPad!)

Plus personne ne respire dans la maison en attendant la suite. Puis, elle s'avance vers Tutu.

Que va-t-elle faire?

Toujours sans dire un mot – et toujours sous le regard de ses QUATRE enfants –, maman attrape la main de Tutu pour lui faire renverser le verre d'eau à moitié vide. L'eau coule sur le comptoir de cuisine, nous laissant tous perplexes.

ELLE L'A FAIT PAR EXPRÈS!!!

PUIS, MAMAN ÉCLATE DE RIRE.
** Je crois qu'elle a sauté une coche et vient de perdre la tête.

ET LÀ, ELLE RIT ENCORE PLUS FORT.
** Oh! Oh! Elle a sauté DEUX coches.

{ JE ME DEMANDE SI JE DOIS APPELER LE 9-1-1. }

JE DIRAIS:

1) Bonjour, MADAME 9-1-1? Mon nom est Lolo, je veux dire Charles-Olivier. Ma mère a sauté deux coches, il faut la rentrer à l'asile.

2) Bonjour, MADAME 9-1-1, je pense que ma mère est folle, elle vient de renverser le verre d'eau de mon frère.

Il faudrait qu'elle rentre à l'asile.

3) Venez ~~cherchez~~ chercher ma mère, elle a des agissements bizarres. Elle devrait rentrer à l'asile et se faire évaluer par un ~~psychopathe~~ psychiatre.

Je vais attendre de voir la suite avant d'appeler le **9-1-1**.

Mélie: Maman?

Maman: Quoi (dit-elle en ramassant son dégât **VOLONTAIRE**)?
Mélie: Qu'est-ce que tu fais?
Maman: Je renverse le verre de Tutu pour chasser le mauvais sort de la maison.
Moi: Han? Quel mauvais sort?

P.-S.: ** On se rappelle que ma mère et les mauvais sorts, ça va ensemble. (Voir carnets n° 1 et 2.) (Mais, normalement, elle les contrôle.) On reste dans le monde des sorcières.

Maman: Tout le monde a fait une gaffe aujourd'hui, sauf Tutu. Eh bien, j'ai réglé son cas, alors on peut maintenant manger tranquilles!!

Elle a raison. On met ça derrière nous. ☺

** Par chance, je n'ai pas appelé le **9-1-1**.

Maman: Quelle date sommes-nous, aujourd'hui?
Lulu: Oh! Oh! Je sais, je sais!!

{ **ELLE LÈVE SA MAIN!!!!** }

** Comme si elle était à l'école. Aucun rapport!

84

Lulu: On est le 7 septembre!!

Maman: Oh oui! Bon. Alors, je décrète officiellement que le 7 septembre sera la

AYOYE, c'est cool de savoir que ma famille a désormais une Journée internationale de la gaffe!

Ma mère est très «cool» d'avoir pensé à ça.

** Mais elle est cool seulement aujourd'hui. Normal, c'est la Journée internationale de la gaffe!

23 SEPTEMBRE.

** (Je suis dans mon lit, sous les couvertures. Il pleut tellement dehors, c'est l'enfer. On dirait que l'humidité a transpercé les murs de la maison. J'ai froid jusque dans les os, même s'il ne fait pas si froid dehors. Et Frileux qui est avec Mémé. Il ne vient **JAMAIS** me voir quand j'en ai besoin. **JE DÉTESTE LE QUÉBEC ET SES SAUTES D'HUMEUR CLIMATIQUES**. Ça devrait être illégal, qu'il fasse humide comme ça les 23 septembre.)

J'aime bien l'école, mais il ne faut surtout pas aller
aux toilettes avant de manger, parce que, sinon, c'est

L'HORREUR.

JE M'EXPLIQUE:
Aujourd'hui, mes amis et moi nous rendons à la cafétéria
pour le lunch. Mais j'ai envie de pipi.

C'est normal. Il n'y a rien de gênant là-dedans. Alors,
je dis à mes amis:

Moi: Je vous rejoins dans une minute.
               ** Pas besoin d'entrer dans les détails.
Markus: OK, Lolo.

 P.-S.: ** Je ne vois pas ce que Markus pourrait
répondre d'autre que ça...

P.-P.-S.: ** Markus ne rajoute jamais «QUOI»
à la fin d'une petite phrase, sauf quand il dit: «Ouais, c'est
bon, quoi.» Mais on dirait qu'autant ça me tape sur les nerfs
quand il dit «QUOI», autant ça me manque lorsqu'il ne le dit
pas. Je sais, je sais, je devrais peut-être me décider.

BREF:
En sortant des toilettes, je me rends à la cafétéria.
Sans y penser, je m'avance vers la file pour commander.
Il y a du monde comme je n'en ai jamais vu avant.

C'est complètement débile. Il doit bien y avoir 2000 personnes. Euh, peut-être 500. Non, disons, 300. En tout cas, c'est bondé d'étudiants.

Je paie (avec ma carte-repas), puis, en me retournant, je me rends compte de ma gaffe.

Aucun **20** sur mes amis.

** «Avoir un vingt» sur quelqu'un est une expression qui veut dire: connaître l'emplacement de quelqu'un. Ce sont souvent les policiers qui l'emploient. En tout cas, je l'ai entendue à plusieurs reprises dans des films policiers américains. C'est cool. Et je n'ai jamais l'occasion de l'utiliser, alors j'en profite aujourd'hui... même si je ne suis pas sûr que ça se dit. ☺

** Je suis auteur, j'ai le droit d'inventer des expressions.

JE NE RECONNAIS PERSONNE. Pas même ~~Yamor~~ ~~Yavor~~ ~~Yarm~~ AAARGH... le maudit gars à la casquette rouge! Il n'y a rien à faire. Même lui, il manque à l'appel. Pourtant, ça grouille de partout dans la cafétéria. Je m'avance à travers la **«JUNGLE»**. J'espère que Markus, William ou Rami vont apparaître et me faire signe. Je marche lentement (une chance que Kevin «l'intimidateur» (voir carnet nº 1) a changé d'école, car il se paierait ma tête avec joie) en faisant semblant de savoir où je vais, mais on dirait que tous les élèves que je connais se sont poussés. **POUR M'ÉVITER.** Sérieux, je suis full **LOSER** en ce moment et les yeux me chauffent.

{ ** JE NE PEUX PAS ME PERMETTRE DE PLEURER DEVANT TOUTE L'ÉCOLE. JE DOIS ME RESSAISIR. }

OH! OH! Ma vue commence à rétrécir.

BOUM BOUM BOUM BOUM BOUM...

OH NON! Il ne faut pas que je perde connaissance ici, devant tout le monde. **PAS LE CHOIX.** Je m'assois d'urgence parce que je commence à voir des petits points noirs. Et je sais ce qui s'en vient... l'humiliation totale!

ZUT DE ZUT!!!

Je prends la première place disponible. Je n'ai pas de temps à perdre, sinon je vais me retrouver au sol, mon cabaret par-dessus la tête.

** Façon de parler.

La table est vide. Il n'y a **QU'UNE SEULE PERSONNE** au bout, mais je n'ai pas le temps de voir c'est qui. Je dépose mon cabaret et place ma tête entre mes jambes pour faire passer le malaise. Je relève la tête quelques secondes (ou minutes??) plus tard. *FIOU.* Les petits points sont presque tous partis. Je prends une gorgée d'eau.

HUMILIATION TOTALE = ÉVITÉE.

** Je respire beaucoup mieux.

Voix-du-gars-assis-au-bout-de-la-table: Ça va, Lolo?

Je me retourne. J'identifie le gars.

Moi: Oui, euh...

P.-S.: ** *AH!* Je le reconnais, mais je ne me souviens pas de son nom. Juste de son surnom. C'est le *CON N° 2* de Kevin, l'intimidateur de sixième. Mais je ne suis pas pour lui dire: «Salut, le con n° 2!»

P.-P.-S.: ** Il a l'air piteux, seul, assis au bout de la table. Il ne doit pas avoir beaucoup d'amis, maintenant que ses amis de l'an dernier vont tous à une autre école.

Jules: Jules.
Moi: Ah! Oui! Jules. Oui, ça va, merci.
Jules: Toi non plus, t'as pas d'amis au secondaire?

Il mange seul. **TOUT SEUL!!** C'est surréaliste, si je me fie à l'an dernier. Et à ce qu'il faisait, et à comment il agissait en compagnie de Kevin et des autres. Même s'il était le plus fin des trois cons (c'est ainsi qu'on les surnommait toujours), il était quand même *UN DES TROIS CONS.*

Jules: C'est difficile d'être seul dans une si grande école. Je comprends comment William pouvait se sentir l'an dernier... avant que tu ne viennes à sa rescousse.

JE RETROUVE ENFIN MA LANGUE.

Moi: Moi, j'en ai, des amis. C'est juste que... je ne sais pas où ils sont assis. Y a trop de monde ici, et c'est trop grand.

Jules: Chanceux. Moi, je ne connais personne. Du moins, ceux que je connais ne veulent pas me parler.

P.-S.: ** Je peux comprendre...

P.-P.-S.: ** Maman dirait que c'est la conséquence de ses actes.

JE M'ACCORDE LE DROIT DE M'EXPRIMER.

Moi: C'est sûr, maintenant que Kevin et les deux autres cons ne sont plus là.

HMM...

** Je viens de manquer une occasion de me taire. Mais il serait bien mal placé pour m'en envoyer une en plein visage devant tout le monde.

Contrairement à ce que je pensais, il me regarde sans rien dire, comme s'il était d'accord avec moi. Il semble nerveux. On dirait qu'il veut s'excuser, ou encore s'expliquer, mais qu'il en est incapable.

TOUS LES JEUNES RIENT ET CRIENT AUTOUR DE NOUS, ET NOUS NOUS FIXONS LONGUEMENT SANS RIEN DIRE.

** On se croirait dans le film... euh...
le film... un film muet, quoi.
** Oups, je viens de dire «**QUOI**»!!
** (Pas fait exprès!)

<u>Puis, j'entends:</u>

Rami: Qu'est-ce que tu fais là?
Moi (m'écriant très fort): Ramiiiiiiiiii!!
                  ** Oups, un peu trop content de le voir.
Rami: Pourquoi es-tu assis ici?
Moi: Je vous cherchais, mais c'est tellement grand!
Rami: Nous sommes installés là-bas.

IL pointe le doigt vers l'autre bout de la pièce.
J'aperçois Markus, William et Max qui me font signe.
Je me lève et empoigne mon cabaret. Je pars en
direction de la table où mes amis m'attendent, mais,
POUR UNE RAISON QUE J'IGNORE, j'ai un petit
pincement au cœur. **OH NON**.

APRÈS QUELQUES SECONDES
D'HÉSITATION, JE ME
RETOURNE VERS JULES.

Moi: Tu viens?
Jules (hésitant): Sérieux?

P.-S. : ** À ce moment, j'aurais très bien pu lui répondre: «Non. Va chez le diable, p'tit con. Tu as fait tellement de peine à William que tu mérites de te retrouver seul.» Mais ce n'est pas dans ma nature d'agir ainsi – sauf avec Mémé, mais pas ces temps-ci parce qu'elle est blessée et qu'elle a le cœur brisé à cause de Simon. Jules ne sera pas mon ami tout de suite, mais je pense qu'il faut parfois laisser la chance au coureur.

NON?

Moi: Bien sûr que je suis sérieux! Mais fais ça vite, je ne veux pas manger froid. (Il me sourit.) Rami, je te présente Jules. Jules, voici Rami.

P.-P.-S. : ** Dans sa gentillesse habituelle, Rami se penche pour lui serrer la main en se faisant aller la tête dans tous les sens.

{ JE ME SENS TRÈS BIEN. }

** Comme chaque fois que je fais quelque chose de bon pour quelqu'un.

Le visage de Jules s'est illuminé d'un seul coup. Je n'ai pas eu à lui demander deux fois.

Mais, à notre arrivée à la table, le sourire de William s'est effacé en une fraction de seconde.

William: Qu'est-ce qu'il fait ici, lui?

P.-P.-P.-S.: ** ZUT DE ZUT!

J'aurais dû laisser Jules seul à sa table de nul.

P.-P.-P.-P.-S.: ** Ça m'apprendra

à être trop sensible. Ce que j'ai fait n'est vraiment pas cool pour William. Je vais m'excuser. Après tout, c'est de ma faute.

Moi: Will, désolé, je ne sais pas ce qui m'a–

(Jules me coupe.)

Jules: William, ne sois pas fâché contre Lolo. Je vais retourner à ma table. Mais, pendant que je suis ici, je tiens à m'excuser de ne pas être intervenu l'an dernier quand Kevin te faisait des coups devant tout le monde. Je me sentais mal, mais je ne disais rien. J'ai pas été correct.

* * Euh, pas si mal élevé, le garçon, finalement.

Sans dire un mot de plus, Jules se retourne et s'éloigne. William et moi échangeons un regard.

Mais Jules ne fait pas deux pas que William se lève.

William: Jules! Viens.

Jules me jette un regard perplexe. Je hausse les épaules.

William: Viens t'asseoir avec nous!

Jules se rapproche. Puis s'assoit. Je suis toujours debout. Je n'ai pas bougé.

* * Aucun commentaire, s'il te plaît.

Jules: Merci, William. T'es vraiment cool. Ouf! Je me sens mieux, maintenant que je me suis excusé. Ça faisait longtemps que je voulais le faire. J'étais mal à l'aise chaque fois que je te croisais.
Max: Pff...

Max se lève. Il n'a pas retrouvé son sourire, lui, et il semble furieux.

William: Max, où vas-tu?
Max: Je n'ai plus faim. Et j'ai autre chose à faire.

Il s'en va subitement. Je n'ai toujours pas bronché. Sérieux, ce n'est pas drôle car je crois comprendre ce qui se passe, mais c'est vraiment cool car on se croirait dans une scène de film... pas muet, cette fois.

JE DOIS ME MORDRE L'INTÉRIEUR DES JOUES POUR NE PAS ÉCLATER DE RIRE.

** Je déteste être ainsi, mais c'est vraiment plus fort que moi de vouloir éclater de rire chaque fois que je me retrouve dans une situation dramatique.

William me regarde. Il ne semble pas affecté du tout par ce qui se passe.

Markus: Eh ben, dis donc! Du coup, il en fait, une tête!
Rami: C'est quoi, son problème?
Jules (mal à l'aise)**:** Moi.
Rami: Pardon?
Jules: C'est moi, son problème.

Il se lève et vient pour quitter à nouveau!

William: Qu'est-ce que tu fais?

Jules: Je ne veux pas causer de trouble.

William: Heille, assois-toi. C'est tant pis pour lui. Y a que lui qui se prive d'avoir du plaisir.

Je regarde William et plusieurs questions me passent par la tête:

> **1)** Depuis quand il ne défend pas Maxime?
>
> **2)** Pourquoi prend-il la défense de Jules?
>
> **3)** Après tout ce que celui-ci lui a fait? Même si ce n'était pas Jules directement, mais plutôt Kevin; c'était lui, le «chef» des cons.
>
> **4)** Il y a trop de questions, je ne sais plus laquelle écrire en premier.

Je peux confirmer une chose: **VRAIMENT** une scène de film!! Je m'assois.

** Je sais, je sais... temps de réaction: **-2000**.

Markus: Mais, du coup, que vient-il de se passer?

Jules raconte toute l'histoire à Markus et Rami. Comment il était l'an dernier... **BLA BLA BLA**... avec Kevin et les autres, et comment ils intimidaient William, **BLA BLA BLA.** Honnêtement, je ne l'écoute pas vraiment. Pas que ça ne m'intéresse pas, mais je suis étonné par l'attitude de William envers Maxime – et en plus, non seulement je connais l'histoire, mais je l'ai aussi **VÉCUE**.

William a dû le remarquer, parce que, quelques heures plus tard, quand on s'est retrouvés seuls dans le couloir à marcher vers nos cases, il m'a dit:

William: Je sais que tu n'approuves pas ce que j'ai fait ce midi.

Moi: Pourquoi tu dis ça?

William: Parce que je t'examinais. Et je te connais, Lolo. Tu n'étais pas d'accord sur le fait que j'aie laissé partir Maxime.

Moi: C'est pas que j'approuve pas. Je ne comprends pas ce qui s'est passé.

William: Lolo, tu es la personne que j'aime le plus sur la planète entière.

> ** Hon, il est donc bien gentil!!

William: Je vous aime beaucoup, ta famille, ta sœur Mélie et toi.

> ** Euh, rapport??

William: Je sais que Max est ton ami depuis toujours, alors je ne voulais rien dire pour que tu ne penses pas que je veux faire du trouble.

Moi: De quoi parles-tu?

William: Max se moque toujours de toi dans ton dos, et j'en ai assez.

QUOI???

IMPOSSIBLE!!

PAS MAXIME?

Il est censé être mon meilleur ami?!?!

<u>Là, trois solutions s'offrent à moi:</u>

1) Je fais semblant que ça ne m'affecte pas du tout.

2) Je dis à William que, de toute façon, je trouve que Maxime est de plus en plus prétentieux / con / égoïste / mauvais en classe (pas rapport, et je ne peux pas le prouver) / mauvais perdant (pas rapport, mais j'avais envie de le mentionner).

3) Je pose toutes les questions qui me viennent en tête:

    A) Qu'est-ce qu'il dit dans mon dos?

    B) Depuis quand?

    C) Il se moque de quoi, au juste?

    D) Juste avec William ou avec d'autres?

    E) Will me défend-il quand ça arrive?

    E) Oh! Oh!... Les yeux me chauffent...

    <u>Mais pas de petits points...</u>

    ~~AAARGH.~~ Je les prendrais bien en ce moment, ça m'empêcherait de pleurer.

    F) Qu'est-ce qu'il dit dans mon dos?

William – **QUI ME CONNAÎT TROP BIEN** – sait que ça me fait de la peine d'entendre ça.

William: Je suis désolé, Lolo.
Moi: Pourquoi tu ne m'en as pas parlé avant?
William: Je ne voulais pas te faire de peine.

Je le remercie de la tête et, l'air de rien, je pose LA question.

Moi: Il dit quoi, par exemple, *dans mon dos*?
William: Laisse faire, ça n'a pas d'importance.
Moi: Je sais. J'étais juste curieux...
William: Des fois, mieux vaut ne pas insister.

        ** C'est quoi, cette grande déclaration?

Moi: JE VEUX SAVOIR!! Dis-le-moi, s'il te plaît.

William: OK, mais je veux d'abord te jurer que je t'ai toujours défendu. Même au camp.

Moi: Il parlait **DÉJÀ** dans mon dos au camp??

William: Oui, avec toute l'histoire de **VICTOR LE MORT** (**VOIR CARNET Nº 2**). Il dit que tu essaies toujours d'attirer l'attention en inventant des histoires.

Moi: Ben là... il en parlait devant tous les autres?

William: Sauf Joje, parce qu'il savait que ça passerait encore moins qu'avec moi. Au camp, j'étais plus avec Joje et toi. Les autres, je m'en foutais un peu, je ne leur parle plus de toute façon, je n'ai pas gardé le contact. Mais, quand tu es tombé dans les pommes au camp de «frat», il a dit: «Bon, Lolo cherche encore de l'attention.»

Je suis complètement sonné. Bouleversé. Les yeux me piquent, mais aucune larme ne va sortir. Je n'ai pas envie de pleurer. Les points noirs apparaissent ici et là, mais je ne perdrai pas connaissance. Je suis trop sonné. Sonné **BEN RAIDE**. Sans dire un mot, je ramasse mes affaires dans ma case et je me dirige vers la sortie. **MAXIME PARLE DANS MON DOS**. Je n'en reviens pas.

William: Lolo?

La voix de William est floue, et je ne me retourne pas. Je confirme qu'il me connaît, car il sait que, dans ce genre de moment, je dois être seul, pour réfléchir, et il n'insiste pas. **MERCI**, mon *NOUVEAU* meilleur ami.

Quelques instants plus tard, je monte dans la voiture de maman, suivi d'Amélie, Lucie et Arthur. Je ne parle pas. Ma tête tourne dans tous les sens. **MON EX-MEILLEUR**

AMI PARLE DANS MON DOS. J'ai peine à y croire. Mais je sais que William ne me ment pas.

Plusieurs minutes plus tard...

Je suis assis sur mon lit. Pas de carnet. Pas de crayon. Pas de Frileux. Porte fermée. Les deux bras pendants. Je réfléchis à ce que je viens d'apprendre. **MAXIME SE MOQUE DE MOI DANS MON DOS.** Sans y penser, je me lève enfin et je m'installe devant l'ordi.

À: max3875@(secret!!).com
De: lolo4428@(secret!!).com

Max,

Je dois te le demander. Est-ce que tu te moques de moi dans mon dos?

Je ne signe pas. Pas besoin. Il voit bien de qui vient le courriel. Il me semble qu'il ne répond pas vite, pour un gars qui est TOUJOURS devant l'ordi.

AH! VOILÀ...

À: lolo4428@(secret!!).com
De: max3875@(secret!!).com

Non. Pourquoi tu penses ça? C'est ton nouvel ami, le con n° 2, qui t'a dit ça?

Je n'aime pas sa réaction. Mais je réponds tout de même.

À: max3875@(secret!!).com
De: lolo4428@(secret!!).com

Vraiment pas! Aucun rapport.

T'as jamais dit que je cherchais toujours de l'attention? Par exemple avec **VICTOR LE MORT** ou quand je suis tombé dans les pommes au camp de «frat»? Tu t'es jamais moqué de ça????

P.-S.: ** Je suis tellement furieux que j'ai envie de mettre plus de «*???????????*» pour appuyer mes propos, mais je sais que ça ne donne rien.

À: lolo4428@(secret!!).com
De: max3875@(secret!!).com

Ah! Là, je sais: c'est William qui t'a dit ça. Il est fâché contre moi depuis le camp, car je disais que tu cherchais de l'attention avec tes béquilles alors que tu n'en avais même pas besoin. Tu sauras que je blaguais quand je disais ça. C'est William qui n'a pas le sens de l'humour. Il était toujours en train de me dire d'arrêter.

** Menteur.

P.-P.-S.: ** *OoooooooH!!!*
Que je bouillonne en cet instant présent!

À: max3875@(secret!!).com
De: lolo4428@(secret!!).com

Comment peux-tu blaguer en te moquant de moi?
Dans mon dos en plus?????????????

À: lolo4428@(secret!!).com
De: max3875@(secret!!).com

Vous ne comprenez vraiment rien, vous deux.

À: max3875@(secret!!).com
De: lolo4428@(secret!!).com

Non, explique-moi.

> *P.-S.:* ** Pas évident de s'obstiner par courriel. Ça serait plus simple de prendre le téléphone et de se parler de vive voix, mais Maxime déteste ça. Tant pis, je m'essaie quand même.

Appelle-moi pour me le dire.

À: lolo4428@(secret!!).com
De: max3875@(secret!!).com

Non, laisse faire.

P.-P.-S.: ** JE LE SAVAIS.

LOOOOOOOOSER!!!!!

Je décide d'oublier ça. J'éteins l'ordi et je retourne m'asseoir sur mon lit. Et là, sans que je comprenne pourquoi, les larmes se mettent à couler, couler et encore couler. Ça coule pendant je ne sais pas combien de temps, de longues minutes. **PAS LE CHOIX DE LES LAISSER FAIRE**. Faut que ça sorte et que j'en finisse.

Mélie entre sans cogner.

Mélie: Lolo?

J'essuie rapidement mes yeux avant de me retourner.

Moi: Qu'est-ce que tu veux?

IMPOSSIBLE de ne pas remarquer que j'ai pleuré.

Mémé: Ça ne va pas?
Moi: Non, pas quand tu entres dans ma chambre sans cogner. Sors tout de suite.

Mais elle fait à sa tête et s'assoit à côté de moi. En temps normal, j'aurais:
>   **1)** crié après elle;
>   **2)** donné un coup de coude sur son bras pour qu'elle se tasse;
>   **3)** sorti une bêtise pour l'humilier.

Mais j'en suis **INCAPABLE** aujourd'hui:
>   **1)** Elle est encore blessée, même si elle est de plus en plus autonome.
>   **2)** Elle est en peine d'amour, et ça serait méchant d'abuser de la situation. Mais moi, je suis en peine d'amitié. C'est **ENCORE PIRE**.

3) Je ne voudrais surtout pas lui faire de mal en la poussant ou en lui donnant un coup de coude. Je vais attendre qu'elle soit complètement guérie avant de recommencer à la frapper.

4) Ça me fait tout de même du bien de savoir que quelqu'un s'inquiète pour moi...

5) Aaargh... je ramollis et je déteste ça.

MAUVAISE RAISON Nº 6) Maman sera fâchée si je refuse d'aider ma sœur. Pas besoin de ça aujourd'hui, moi.

{ PAS QUE J'AIE BESOIN D'ATTENTION... }

Elle s'installe encore plus confortablement et me prend par les épaules.

P.-S.: ** Sérieux, je ne sais pas c'est quoi, son problème, de se permettre de penser que nous sommes amis.

Mélie: Tu peux me parler, tu sais. Est-ce que c'est à cause de William?

P.-P.-S.: ** Euh... Je ne vois vraiment pas en quoi William a rapport dans cette conversation.

Moi: Non, c'est à cause de personne.

Mélie: Charles, franchement! Toi et moi, on sait que tu pleurais avant que j'entre dans ta chambre. Tu pourrais au moins dire que c'est pas de mes affaires, pas que c'est à cause de personne.

**P.-P.-P.-S.: *AAARGH...
ELLE M'ENRAGE.**

Mais j'ai la folle envie de lui parler de ce qui m'arrive, juste pour savoir ce qu'elle en pense. Dans le fond, elle connaît Max depuis longtemps, elle aussi. Et elle l'aime bien, je crois. D'un autre côté, si je lui parle de ça, elle va commencer à me donner son opinion sur tout. Ça ne me tente vraiment pas. *OH QUE NON!* Surtout que ce n'est pas de ses affaires. Je ne me mêle pas des siennes (sauf quand je lis son journal intime), alors elle n'a pas à se mêler des miennes.

Moi: Laisse-moi tranquille. Ça te regarde pas. Pis t'as pas d'affaire à rentrer dans ma chambre sans cogner.

Mélie: Je m'en vais. Je voulais juste être gentille. C'est l'heure du souper, maman nous attend en bas.

Elle referme la porte.

Bon bien, c'est passé, je ne suis plus capable de pleurer. Tant mieux. Et tant pis pour Maxime. William a raison, c'est lui, le perdant dans toute cette histoire. Pas nous.

<u>Plus tard...</u>
Je suis couché sur le dos dans mon lit, les deux bras derrière la tête, et je repense à ma journée. Maxime

104

et moi étions meilleurs amis depuis la garderie. Maman dit qu'on n'avait pas **3 ANS** quand on s'est rencontrés.

On s'est parlé la première fois quand il m'a demandé si j'aimais mon **CACA**. Moi, je n'avais **BIEN ÉVIDEMMENT** jamais goûté à mon **CACA**! Alors, je capotais un peu de me faire demander ça. Et, avec cette odeur, je savais, même à cet âge-là, que le **CACA** ne goûtait certainement pas bon.

Il n'arrêtait pas de me demander s'il pouvait voir mon **CACA**. Il disait qu'il adorait son **CACA** et il me suivait partout dans la garderie pour voir mon **CACA**. Et moi, je courais partout en pleurant. Plus je pleurais et je m'éloignais de lui, plus Maxime me suivait en me disant qu'il voulait voir mon **CACA**. Et, le soir, quand sa mère est arrivée, Maxime pleurait lui aussi car je ne voulais pas lui montrer mon **CACA**. Elle a éclaté de rire.

Elle a expliqué à ma mère que Maxime avait un problème de prononciation. Il ne parlait pas de mon **CACA**, il parlait de mon *PAPA!* Il voulait voir mon *PAPA!* Mais il était incapable de prononcer le mot correctement!!

Après, on est devenus amis. Meilleurs amis.

Ça fait longtemps. S'il ne s'excuse pas, il ne sera plus mon ami. C'est tout. Même si ça me fait de la peine. Sur ce, je vais tenter de m'endormir, malgré les papillons que j'ai dans l'estomac.

30 SEPTEMBRE.

** Pas vu Max aujourd'hui. Tant mieux. J'espère ne pas le croiser dans les prochains jours. Le temps de me changer les idées...

Assis dans ma classe. Entre Rami et Markus. Rami est toujours sur son iPad (on a un iPad pour l'école, c'est plus pratique, et moins lourd à traîner que des livres dans le sac d'école). Au début, je croyais qu'il jouait à des jeux, mais je me suis aperçu qu'il voyageait dans le monde. Il explore un pays ou une ville par jour. Il est fasciné par les voyages.

Madame Lamarre (** je ne m'habitue pas) nous annonce ceci tout bonnement:

Mme Lamarre: Cette année, le voyage organisé pour les première secondaire est à Québec! Nous partirons en mars pour trois jours.

Tous les élèves de la classe (incluant moi):

Cool!

Yé!

Super

GÉNIAL!

TROP MALADE!

YOUPPI!

Rami est aux anges!

Hiiiiiiiiiiii huuuuuuuuuuuuiiiiie!!!!!!!

MOI AUSSI, JE TRIPPE!

DEUX NUITS / TROIS JOURS SANS MA FAMILLE!! YOUPPI!!

Mme Lamarre: Nous enverrons un message à vos parents pour leur expliquer que c'est un voyage éducatif, mais ne vous en faites pas, vous ne serez pas pénalisés si vous n'avez pas la permission de nous accompagner. Ce voyage n'est pas obligatoire, mais plutôt complémentaire à ce qu'on étudiera en classe cette année.

Trop hâte d'annoncer ça à maman!!!

P.-S.: ** Je m'organise TELLEMENT pour être dans la même chambre que mes amis!!

La journée est longue... trop hââââââââte d'en parler à mamaaaaaaaannnnnnnn!!!!

15 h 45

En montant dans la voiture après l'école:

Moi: Maman! Le voyage est à Québec cette année!
On part trois jours, tous les première secondaire.
Ça va être tellement cool, je suis trooooop excité!!!
Maman: On va en discuter avec papa pour voir si tu
peux y aller.

1) Si c'est une blague, elle est
mauvaise.
2) Elle a bu?
3) M'assurer que ce n'est pas
une blague.

Moi: QUOI??? POURQUOI JE NE POURRAIS PAS Y ALLER?

P.-S.: ** Je n'ai même pas considéré le fait
que je ne pourrais pas y aller! Et tous mes amis
qui y vont. Je vais être LOOOOSER si mes
parents ne me laissent pas partir.

Maman: Parce qu'il faut payer pour
t'envoyer là-bas, ce n'est pas gratuit.
Papa et moi devons nous en parler.
Moi: Mais ma-maaaaaaaannnnnnnn!!!!!!!

P.-P.-S.: ** Elle ne peut
pas me refuser ça.

Maman: Quoi, ma-maaaaaaaannnnnnnn??? L'argent

ne pousse pas dans les arbres, tu sauras. Laisse-moi en discuter avec ton père.

Lulu et Tutu échangent un petit rire.
Pas le temps de m'occuper d'eux.
** Même si leur réaction me fait ~~chi~~ suer.

JE NE PEUX PAS ME PERMETTRE D'ACCEPTER CETTE RÉPONSE.

Moi: C'est un voyage obligatoire. Madame Lamarre nous l'a dit, on va perdre des points dans le bulletin si on n'y va pas! C'est complémentaire à ce qu'on étudie cette année en histoire et en géographie.

P.-P.-P.-S.: **

C'est vrai... à moitié!!!

QUOI?

Mélie: Ah bon? On étudie l'histoire de Québec, maintenant, en géographie de première secondaire?
Moi: Oui! C'est très important de savoir c'est quoi et c'est où, Québec, si on ne veut pas couler le cours cette année.
Mélie: C'est drôle, je n'y étais pas allée, moi, et je n'avais pas été pénalisée.
Moi: Euh... ça a changé depuis. C'est devenu obligatoire au fil des ans.
Mélie: Ah oui? (M'imitant) Au fil des ans? Depuis quand?
Moi: Je l'sais-tu, moi? C'est pas important! L'important, c'est maintenant! Et je n'ai pas le choix d'y aller si je ne veux pas avoir une mauvaise note et couler mon année. (À maman) C'est ça que tu veux?
Mélie (à maman)**:** J'espère que tu le sais, qu'il te fait marcher?

Moi: Même pas vrai!

Mélie: Oui, c'est vrai!

Moi: Non.

Mélie: Oui!!

Moi: Non!

<u>MÉMÉ</u>: OUI!

Moi: NON-ON-ON-ON-ON!!!

Maman: Ça suffit! Ne commencez pas à vous obstiner ici. On ne règlera rien maintenant, de toute façon. Je vais en discuter avec papa.

DISCUTER?

C'est quoi, ce mot-là? Ça a donc ben l'air sérieux, quand elle le prononce sur ce ton? Elle ne pourrait pas simplement dire: «Je vais en **PARLER** avec papa???» Me semble que ça passerait mieux que **DISCUTER**, non?

C'est long, ce soir, avant qu'il arrive, lui. On dirait qu'il le fait exprès. Maman doit lui avoir dit qu'elle voulait «**DISCUTER**» avec lui. Et là, il ne veut plus rentrer à la maison car il pense qu'il a fait quelque chose de pas correct. Je peux le comprendre quand c'est dit comme ça... **AAARGH...** Je déteste les «**DISCUSSIONS**».

 1ᴱᴿ OCTOBRE.

Assis sur mon siège d'école, je réfléchis à des moyens de convaincre mes parents de me payer le maudit voyage, au lieu d'écouter monsieur Charbonneau donner son cours (même si j'adooooore monsieur Charbonneau, j'ai d'autres priorités en ce moment).

Si je finis par être bien mal pris, je vais écrire une lettre sur l'ordi qui vient de madame Lamarre, disant que le voyage est obligatoire. Je me suis exercé pendant deux heures hier soir à imiter sa signature et je m'en viens très bon.

Je regarde autour de moi:

1) Rami consulte son iPad. Je me demande bien dans quel pays il se trouve en ce moment!

2) Markus se décrotte les ongles avec sa règle de métal. *(OUACHE...)*

3) William dessine. Il lève les yeux au moment où je le regarde et me montre fièrement la feuille pour que je voie son dessin. C'est un gars habillé en pantalon large et t-shirt, qui est en pleine action sur un **SKATEBOARD**, avec beaucoup de gens derrière qui l'applaudissent!! Je savais qu'il aimait dessiner, mais je ne pensais pas qu'il avait autant de talent!! **AYOYE...**

** Il devrait donner des cours à ma petite sœur Lulu, parce que la seule chose qui ressemble à un chien dans son dessin... c'est un chien!

4) Justine me sourit. ~~Et moi, je rougis.~~ **OUPS...**

Je baisse les yeux et fais semblant d'être concentré sur mes notes. Elle me regarde un moment, mais il est hors de question que je dévoile le plan de financement de mon voyage Québec.

Donc, j'écris mes options sur une feuille:

1) Faire la vaisselle pendant un mois tous les soirs: à 1$ par soir, je ramasse 30$ en trente jours.
** Idée = **8,1/10**; ça me tente = **1,8/10**.

2) Faire mon lit pendant un mois tous les matins: à 1$ par matin, je ramasse 30$ en trente jours.
** Idée = **9,5/10**; ça me tente = **6,8/10**.

** Quand je fais juste mettre ma douillette par-dessus les draps, on jurerait qu'il est fait.

3) Aider Mémé à monter et descendre les escaliers matin et soir: à 1$ par jour (même si, à mon avis, ça en vaut 5), je ramasse 30$ en trente jours. Euh, **NON**, elle va mieux maintenant. Disons deux semaines (= 14 jours = 14$).
** Idée = **5/10**; ça me tente = **0,2/10**.

FAISONS LES COMPTES:
ÇA Y EST!
LE VOYAGE EST RÉGLÉ.

ZUT DE ZUT DE ZUT!

Il me manque $215\$ - 74\$ = 141\$$. Mais où est-ce que je vais trouver tout cet argent???

DANS LA TIRELIRE DE MÉLIE?

OK. J'ai besoin de plus d'options:

Je réfléchis. OUPS, mon regard croise celui de monsieur Charbonneau. Je fais «OUI» de la tête pour qu'il pense que: j'écoute/je prends des notes/je trouve son cours intéressant.

Donc:

4) ~~Sortir les poubelles tous les jours: 1¢ par jour.~~ ~~Donc 30¢ pour le mois.~~ **ERREUR:** on ne sort pas les poubelles tous les jours. On fait ça trois fois par semaine. Mais on devrait le faire tous les jours. Oh! Je sais!!

Sortir les poubelles **ET** le recyclage. ;-) Ça me garantit 10$ par semaine et ça ne demande pas un gros effort.

** J'offrirai 1$ à Tutu pour qu'il le fasse à ma place et il sera très content. Et moi, il me restera 9$.

** <u>Idée</u> = **10/10**; <u>ça me tente</u> = **10/10**.

P.-S.: ** Ne pas oublier cette idée quand je serai grand. C'est génial de faire travailler les autres en rentrant de l'$$$ dans ses poches.

5) Passer l'aspirateur tous les samedis. Ça vaut cher, ça. Maman se plaint toujours qu'elle déteste le faire. *20$* par semaine. Non, *30*. **NON NÉGOCIABLE.** Total = *100 $.*

** <u>Idée géniale!</u> = **10/10**; <u>ça me tente</u> = **0,1/10**.

À part ça, y a pas autre chose à faire dans une maison. Je ne vois pas pourquoi maman se plaint toujours qu'elle est **FATIGUÉE / ÉPUISÉE / BRÛLÉE.** J'aimerais bien mieux–

J'OUBLIAIS LE PLUS
IMPORTANT!!

CE QUE PERSONNE NE VEUT JAMAIS FAIRE DANS LA MAISON ET QUE MAMAN EST TOUJOURS «POGNÉE» À FAIRE SEULE MÊME QUAND IL PLEUT OU QU'IL FAIT MOINS QUARANTE DEGRÉS DEHORS:

6) PROMENER RILEUX!

ÇA N'A PAS DE PRIX.

(Pour la rareté de l'offre dans la famille.)

✶✶ Idée trop super méga géniale = **30/10**; ça me tente pas vraiment, mais = **10/10**.

Maintenant, si j'additionne le tout, j'en aurai trop! Super, je vais pouvoir enlever l'option **3)**.

JE SUIS TROP BRILLANT!

Monsieur Charbonneau me regarde.

M. Charbonneau: Ça va, Charles-Olivier?
Moi: Euh, oui.
M. Charbonneau: Tu aimerais partager la raison de ce grand sourire avec nous?

PENSE VITE, CHARLES, PENSE VITE...

Moi: J'adore votre cours!

TOUTE LA CLASSE ÉCLATE DE RIRE, MÊME MOI!

<u>Le soir, à la maison:</u>

Juste avant de me coucher, je me rends dans la chambre de mes parents et je dépose la liste sous l'oreiller de maman. Elle est toujours calme avant de se coucher, alors, lorsqu'elle lira la liste, elle ne sautera pas sa coche et la considèrera **SÉRIEUSEMENT**.

ELLE NE POURRA PAS ME LE REFUSER.

JE SUIS TROP BRILLANT.

Je me couche avec le sourire. Elle ne pourra pas me le refuser... ouf... j'espère... On ne sait jamais, avec elle...

➡ 2 OCTOBRE.

Aux cases, en bas... **Enfin**, je ne me perds plus quand je m'y rends... bien, juste une fois par semaine. *QUOI?* C'est mieux que chaque jour, nôn?

Je vois Max qui cherche quelque chose dans sa case. Mon cœur arrête de battre pour une fraction de seconde.

Nous sommes seuls. J'hésite, et je craque.

Moi: Salut, Max.

Max: Tiens! Si c'est pas *CHARLES-OLIVIER*! T'es pas avec ton p'tit con *N° 2*?

Moi: Max, franchement, parle pas comme ça, on est amis depuis trop longtemps.

Max: T'as pas arrêté de dire qu'ils étaient méchants l'an dernier, qu'ils faisaient de la peine à <u>TON AMI</u> William. Pis là, soudainement, con n° 2 est super gentil??? Maudit hypocrite!

Moi: Premièrement, c'est pas la même chose. Il est plus avec les autres. Deuxièmement, il est pas devenu mon meilleur ami. On fait juste se parler et on est civilisés. Si William est capable de lui pardonner, je vois pas pourquoi toi, tu pourrais pas.

IL ME REGARDE SANS DIRE UN MOT.

Moi: Pis, en plus, c'est même pas ça, le problème entre toi et moi. Je suis fâché contre toi parce que tu parles dans mon dos, et c'est pas gentil.

Max: Bon, encore Lolo qui joue l'enfant martyr. Heille, j'ai pas besoin de ça dans la vie, moi.

Il me plante là en plein milieu du couloir.

AYOYE, j'ai vraiment mal au cœur. Ça me fait de quoi. Mais là, j'ai agi comme il le fallait. S'il ne veut pas comprendre, je ne vois pas pourquoi je m'inquièterais. **JE N'AI PAS À M'EXCUSER.** William arrive quelques secondes après. Il regarde Maxime s'éloigner.

William: Ça va?

Je fais un petit «**OUI**» peu convaincant. William me prend par les épaules.

William: Viens. Je vais te changer les idées...
J'ai hâte d'aller à Québec, pas toi?

JE FIGE.

William: Qu'est-ce qu'il y a?
Moi: Rien...

Je suis bien trop gêné pour lui en parler. Il faut que je règle ça avec mes parents. Je vais leur donner un ultimatum ce soir.

William: Lolo, je te connais. Il y a quelque chose qui t'achale. C'est le voyage? Tu veux plus y aller?
Moi: Non. Je **VEUX** y aller, mais je sais pas si mes parents me laisseront y aller.
William: Pourquoi ils voudraient pas? On va apprendre beaucoup de choses là-bas!
Moi: Je sais, William, mais c'est un peu compliqué chez nous. Ça coûte quand même cher. Mes parents n'ont pas les mêmes moyens que les tiens...
William: Pas de problème! Je peux te payer le voyage, moi!
Moi: Voyons donc! Es-tu malade? Mes parents accepteraient jamais ça... et moi non plus.
William: Moi, mes parents vont même pas s'en rendre compte...
Moi: Je peux pas... mais merci de me l'offrir.

Même si j'ai envie de dire **Oui! Oui! Ouiiiiii!**

William: Dans ce cas, j'ai une idée! Je vais vous payer chaque fois que je vais manger chez vous! Au nombre de fois que j'y vais, tu vas ramasser l'argent qu'il te faut en peu de temps! Oh, et ça pourrait être rétroactif!

HMM, EXCELLENTE IDÉE...
Comment ça, j'ai pas pensé à ça avant!?!

7) Facturer **20 $** chaque fois que William mange à la maison.
✱✱ Idée géniale = **31/10**; ça me tente = **161070/10**.

Moi: Ça ne change rien à la situation, mais ça me fait du bien. Merci, Will. T'es un vrai ami, toi.
Will: Pis? Justine? Lui as-tu écrit, finalement?

☆ ☆ ☆

À la maison, le soir. Maman a ma méga géniale liste en main.

Maman: Comme ça, tu veux que je te paie pour faire ton lit?
Moi: Ben...
Maman: Y a personne qui me paie, moi, pour faire le mien. Pourquoi je te paierais? Et pour promener Frileux tous les jours?

 Je hausse les épaules. Sérieux, je me trouve déjà un peu moins **BRILLANT**.

Maman: Charles. Si tu veux aider dans la maison, tu dois le faire parce que ça te fait plaisir. Si tu fais ton lit le matin, tu dois le faire parce que c'est un signe de respect et de propreté dans une maison. Si tu promènes Frileux, c'est pour prendre l'air et lui faire plaisir. Et, si tu m'aides avec la vaisselle, eh bien, c'est pour passer un peu plus de temps avec moi.

Elle me fait un petit clin d'œil.

ZUT, à bien y penser, elle a raison. Je facture peut-être trop cher? J'aurais dû demander 0,50$ au lieu de 1$ par tâche.

Je souris en me demandant si j'en profite pour lui offrir un rabais de 50%.

Moi: As-tu parlé avec papa finalement?
Maman: Honnêtement, j'ai oublié de lui en parler. Je vais en parler avec papa ce soir.
Moi: Quoi? T'as oublié?
** C'est pourtant tellement important!

Maman: Désolée, j'ai eu d'autres chats à fouetter dans les derniers jours, sans compter que j'ai dû aider ton frère avec sa présentation.
Moi: Hmm...
Maman: Je lui en parle ce soir. Promis. OK?
Moi: OK.
Maman: Allez, viens manger maintenant, j'ai préparé ton repas préféré.

Moi: Saucisses ou escalopes de veau au citron?
Maman: Escalopes!

YOUPPI!

J'adore ma mère!!!

* * Mais je l'aimerais plus si elle m'envoie à Québec.

JE LUI SAUTE AU COU.

4 OCTOBRE.

(L'enfer, mes parents ne m'ont pas parlé de Québec... Peut-être que maman pense que je vais oublier?)

Je me réveille à la même heure que d'habitude, mais je me suis tourné et retourné toute la nuit. Je n'ai pas arrêté de penser à ce que maman m'a dit avant-hier soir. **ELLE L'A FAIT POUR ME PRÉPARER À UN «NON».** J'en suis certain.

SI C'EST LE CAS, ELLE NE ME LAISSE AUCUN CHOIX: je dois déclencher la phase deux de mon plan.

Je vais écrire une fausse lettre que je signerai à la place de madame Lamarre. <u>Voici ce que je vais écrire</u>:

Chers parents,
Il me fait plaisir de vous annoncer que le voyage <u>obligatoire</u> pour les Secondaire 1 cette année aura

lieu à Québec. TOUS les étudiants, sans exception, devront se rendre à l'école le matin même pour le départ en autobus. Nous resterons là-bas pour deux nuits. Le montant à payer est de 215$. Vous pouvez faire deux versements. Nous sommes conscients que cette somme peut être importante pour certains d'entre vous, mais sachez que votre enfant approfondira ses connaissances en histoire et en géographie de sa province. C'est très important pour nous que TOUS les étudiants, sans exception, fassent partie de ce voyage obligatoire.
Je vous remercie de votre compréhension. Pour toute question supplémentaire-

ZUT. Je ne peux pas écrire ça, au cas où maman appellerait... ça serait son genre.

AH! JE SAIS!

Pour toute question, veuillez envoyer un mot par l'entremise de votre enfant, car aucun appel ne sera accepté à ce sujet.

Bonne journée,
Cordialement,
Madame Carmen Lamarre

Et voilà!! Elle n'y verra que du feu!!

YOUPPI!

JE SUIS TROP BRILLANT!!

Autre journée d'école, mais tout ce à quoi je pense, c'est le voyage. J'étais sûr que maman m'annoncerait la bonne nouvelle ce matin au déjeuner, mais, comme c'est sûrement **NON**, elle n'a pas dû vouloir gâcher ma journée, et c'est pour ça qu'elle ne m'en a pas parlé. J'haïs ça, avoir des parents pas millionnaires. On ne peut jamais rien avoir.

** Sauf des fois.

À bien y penser, ça m'étonnerait que ma mère croie à la lettre. De plus, tout se fait sur le ~~maudit~~ portail internet, maintenant. Quelle invention **POCHE**.

Je suis dans ma **BULLE** aujourd'hui, et je n'ai pas envie de parler à qui que ce soit.

Dès que j'entends la cloche annonçant la fin des classes, je ferme mon livre et me dirige vers la sortie.

En arrivant dans la voiture, je demande à maman:

Moi: En passant, as-tu parlé avec papa, hier soir?
Maman: Oui. On va s'en parler plus tard. OK?

Et là, je le sais. C'est un «**NON**». Ils ne veulent pas. Je commence à pomper et je bouillonne. Tous les muscles de mon corps se crispent.

Lulu: Ça va, Lolo? On dirait que tu vas pleurer.

AAARGH...

POURTANT, JE SUIS EN *** ET NON TRISTE.

** Juste un peu triste. Mais je suis trop furieux pour être triste.

Moi: Ben non! Laisse-moi tranquille!
Lulu: T'as des problèmes avec Justine?
Moi: RAPPORT??????
Lulu: J'sais pas.
Moi: Ben dis rien, d'abord!
Maman: Lolo, sois gentil, s'il te plaît.
Moi: Mais elle a pas rapport!

Et là, j'éclate. Je ne pleure pas, mais mon ton de voix est monté d'une octave.

Mélie: Voyons! Elle t'a juste posé une question. Capote pas.
Moi: Toi, mêle-toi de tes affaires. On t'a pas demandé ton avis!!
Maman: OK, ça suffit, je ne veux plus entendre un mot!

Je ne dis rien. Mais j'ai hâte d'aller m'enfermer dans ma chambre.

Je claque la portière de la voiture en descendant et je me rue dans la maison. Pas de collation aujourd'hui, je suis trop de mauvaise hum– **OH ZUT**, maman a fait des **BISCUITS** et ça sent dans toute la maison. Mes préférés, en plus. Ceux aux brisures de chocolat. Je les sens. **PAS LE CHOIX.** Je change de trajectoire et me dirige vers la cuisine pour en prendre un... oh, et puis deux. J'ai le droit. J'ai de la peine.

** <u>De longues minutes plus tard...</u>

Pour la première fois (et j'en suis à mon troisième carnet), **je n'ai pas envie d'écrire. Je suis donc dans ma chambre, étendu sur mon lit, mes bras croisés derrière ma tête, et je regarde le plafond.** (Il est grandement temps que papa peinture ma chambre, je n'en peux plus de voir cette foutue même «craque».) **Je ne sais pas–**

Papa et maman entrent dans ma chambre et je me lève d'un trait.

Maman: J'attendais que papa arrive pour te parler.

Je baisse les yeux. Elle fait vraiment exprès de dramatiser la situation. Elle aurait dû juste m'envoyer un **TEXTO** sur mon iPad. Ça aurait été **CLAIR** et **DIRECT**. Là, je vais être obligé d'avoir une réaction et de lui dire que je comprends, quand, dans le fond, je ne comprends pas du tout pourquoi je ne peux pas y aller.

Papa: Désolé, Lolo, on aurait dû te le dire hier, mais–
Moi: Je n'y vais pas, c'est ça?

AAARGH... Je sais que je peux avoir l'air d'un enfant gâté, mais je ne demande jamais rien à mes parents. Juste d'aller à Québec avec mes amis.

Papa: Pourquoi tu dis ça?
Moi: J'ai une idée. Est-ce que vous pourriez me donner le voyage pour Noël? C'est ça que j'aimerais...

 ... AU LIEU DE PLEIN DE CARTES-CADEAUX INUTILES ET NULLES.

Papa et maman sourient. Je ne vois **VRAI-MENT** pas ce qu'il y a de drôle là-dedans.

Papa: Je comprends tes efforts, Lolo-
Moi: Non mais, pourquoi je ne peux pas y alleeeeeeeeer???
Maman: Qui te dit que tu n'y vas pas?
Moi: Ben là, je vous connais!!

EUH, MALAISE?!?

Papa: Je pense que tu nous connais mal.

Et là, mon regard passe de papa à maman aussi rapidement que celui de quelqu'un qui est assis en plein milieu du terrain au tennis et qui suit la balle en jeu.

Moi: Ça veut dire quoi, ça? Que j'y vais?
Papa: Oui!!!!!
Moi: Pour de vrai??

Je saute dans ses bras.

Moi: Merci, merci, merciiiiiiiii!! Je suis trop content!
Maman: On te paie le voyage, gratuitement.

HAN? COMMENT PEUT-ON PAYER GRATUITEMENT QUELQUE CHOSE??

Maman: Alors, ce n'est pas parce que tu vas offrir de promener 🐾rileux ce soir, de m'aider à faire la vaisselle ou encore de faire ton lit tous les matins qu'on dit oui, même si ça nous ferait très plaisir.

Je ravale ma salive. Cette liste était la pire idée du monde.

Note à moi-même: Ne plus JAMAIS refaire ce genre de liste de twit.

Mais je suis trop content pour m'attarder là-dessus ce soir. Je chialerai demain!

** De toute façon, je m'en sors toujours en disant que j'ai beaucoup de devoirs.

Il faut que j'avertisse William.

AYOYE, ça va être long, attendre jusqu'en mars!!!

 11 OCTOBRE.

Il pleut et je suis pris à promener Friteux. L'enfer. Je regrette trop la MAUDITE liste. Ça fait CINQ jours d'affilée que je le promène. J'ai beau lui dire que j'ai des devoirs à ne plus finir, maman ne me croit pas.

Je suis complètement gelé, et Frileux prend tout son temps pour faire son caca.

> **Note à moi-même:** La prochaine fois que je me trouve brillant, je vais réfléchir avant d'agir.
> Et me rappeler que, parfois, les idées brillantes (**c.-à-d.** liste) me mettent dans le trouble... **c.-à-d.** promener Frileux pendant une semaine.

27 OCTOBRE.

Repas familial.

{ Soirée trop méga cool! Tous mes amis sont ici pour souper ce soir. Maman voulait les rencontrer, alors elle les a tous invités!! C'est trop malade!! }

Nous sommes tous assis à la table de la salle à manger. On est beaucoup: papa, maman, Mélie, Lulu, Tutu, Rami, Markus, William et moi. **JE CAPOTE**, c'est trop cool.

> ** Même si je préférerais que mes frère et sœurs n'y soient pas.

Maman arrive à la table avec une grosse lasagne. Elle a également préparé une salade et coupé une baguette de pain.

MIAM!

On commence à manger.

Papa: Alors, Markus, Lolo me dit que tu es arrivé au Canada il y a seulement neuf mois?

Markus: Oui, et j'adore, quoi! C'est génial, le Canada.

Papa: Ah ouais, t'as raison, nous sommes choyés de vivre dans ce pays!

PARDON???

** Mélie manque de s'étouffer avec sa bouchée. Lulu, Tutu, maman et moi aussi.

C'est quoi, ce faux accent français???

Markus: Oh oui! Du coup, c'est le plus beau pays que je connaisse, quoi, car la France, c'est pas toujours top.

Papa: Du coup, j'aime bien y aller, mais j'adore revenir à la maison, quoi!

ALLLLLLLÔÔÔÔÔÔ????

Ça va, le faux Français????

C'est quoi, son problème, d'emprunter un accent quand il parle, lui?

Moi: Papa?

Papa: Oui?

Moi: Qu'est-ce que tu mets dans tes hot-dogs, toi?

Mélie: Aucun rapport.

P.-S.: ** Y en a un, mais y a que Markus qui peut comprendre. J'ai oublié d'en parler à William et Rami.

Papa: Pourquoi tu me demandes ça?
Moi: Parce que Markus ne me croit pas.
Papa: Euh... Moutarde et relish. Avec oignons et tomates.
Moi: Non, je ne parle pas de ça. Un hot-dog, c'est quoi? Du pain avec quoi??
Papa: De la s<u>ou</u>cisse, voyons! C'est la même chose qu'en France.
Moi: Non, eux, c'est du pain baguette et de la sa<u>u</u>cisse!

Personne ne comprend, sauf Markus bien entendu. Il ricane, mais se contient pour ne pas éclater de rire. Ma famille pense que je parle de la baguette, alors que c'est plutôt de la **SAUCISSE**.

Voici l'histoire:

J'avais promis à Markus que je ferais dire le mot «saucisse» à mon père. Il le prononce toujours «soucisse», même si ma mère lui répète constamment qu'il se trompe.

> Je regarde maman du coin de l'œil. Je pense qu'elle comprend que je me moque de papa, mais ne dit rien. En temps normal, elle l'aurait repris. Mais là, c'est gênant devant mes amis.

William me donne un coup en dessous de la table et hausse les épaules. Je lui fais signe que je lui expliquerai tout ça plus tard.

UNE CHANCE que Rami entraîne la conversation dans une autre direction...

Rami: Est-ce que vous voyagez beaucoup?
Papa: Pas assez à mon goût!
Rami: Moi non plus, mais j'adore les voyages.
Il y a tellement de beaux endroits dans le monde.
Papa: L'Inde est un endroit magnifique.
Rami: Vous connaissez?
Papa: Pas personnellement, mais on a des amis qui y sont allés et ils ont été charmés par le peuple indien.

> ** Mon père vient du Lac-Saint-Jean. Alors, l'accent du Lac mêlé à un accent français, c'est dur pour les oreilles...

Rami: Je peux comprendre, nous sommes très accueillants, nous, les Indiens, même si, parmi les un milliard trois cents millions d'habitants, j'en connais trois ou quatre de moins gentils.
Hiiiiiii huuuuuuuiiiiie!!!!!

LULU RÉAGIT SUR-LE-CHAMP.
Mélie échange un regard avec william.

Lulu: Han? C'est quoi, ce bruit-là quand tu ris?
Rami: Quel bruit? Je n'ai pas fait de bruit.

> J'échappe ma fourchette. SÉRIEUX?
> Il ne s'entend pas ~~hennir~~ rire?? Et moi qui pensais qu'il le faisait exprès!

Lulu: Ben, l'espèce de bruit de cochon que t'as fait en riant.
Tutu (à Lulu): C'est pas un bruit de cochon, c'est un bruit de cheval.
Lulu (à Tutu): Ben non, c'est un cochon, niaiseux.

OH NON! ILS SONT EN TRAIN D'HUMILIER MON AMI! OMG! JE SUIS TELLEMENT GÊNÉ.

Moi: Maman! Dis quelque chose?

Je me retourne vers elle et je la vois, pliée en deux tellement elle rit. Elle rit de mon ami ou quoi?? **OH**, et, quand elle part avec le fou rire, elle, elle n'est pas arrêtable. Sérieux, c'est embarrassant.

> ** C'est arrivé une fois au resto avec des amis,
> et le serveur pensait que ma mère riait de lui.
> Il était super insulté et c'était vraiment gênant,
> elle n'arrêtait pas.

Je lance un coup d'œil à Mélie qui fixe William, et ça m'agresse **SOLIDE**. Mais j'ai pas de temps pour ça.

Moi (à maman): Euh, allllllllôôôôô??!?!?

Pas la peine de demander de l'aide au faux Français (en l'occurrence, papa): il rit lui aussi.

Moi: Maman???

Elle s'essuie les yeux et est incapable d'arrêter de rire. **ZUT**. J'ai trop honte. Et les jumeaux qui s'obstinent encore.

Tutu (à Lulu): Cheval!
Lulu (à Tutu): Cochon!
Tutu (à Lulu): Cheval!
Lulu (à Tutu): Cochon!

Mélie est parfaitement calme.

Je ne peux pas croire que je vais écrire ça, mais c'est la seule de ma famille qui semble «**NORMALE**» en ce moment.

JE CAPOTE BEN RAIDE.

Maman n'en peut plus, et les jumeaux sont à deux secondes de s'envoyer de la bouffe par la tête. Un vrai film d'horreur.

Puis Rami éclate de rire à nouveau.

Il **HENNIT** solide.

Rami: Hiiiiiii huuuuuuiiiiie!!!!!
Moi: Ça, ce bruit-là?? Tu ne peux pas me faire croire que tu ne t'entends pas?
Rami: Bien sûr que je m'entends! C'est mon surnom: ghoda. Ça veut dire cheval en hindi.

छे॒वल्

Elle se lève.
Maman prend enfin sur elle.

Tutu (à Lulu): J'te l'avais dit!

Lulu lui répond par une grimace.

Maman: Désolée, Rami, je ne riais pas de toi. Juste de toute la situation.

Rami: Mais il n'y a pas de problème! Je sais que j'ai un rire inhabituel, mais je n'y peux rien.

OK, il me semblait, aussi. C'était impossible qu'il ne s'entende pas.

Lulu (à Rami): Comment on dit «cochon» en hindi?
Moi: Oh! Franchement, reviens-en, là! Il l'a dit, qu'il riait comme un cheval.
Tutu: Le cri du cheval, c'est le hennissement, niaiseuse.
Maman: Tutu!
Moi: C'est quoi, le rapport?
Tutu: Ben, aucun, c'est juste que Rami, il rit comme un cheval, donc il hennit.
Moi: Heille, là, maman?

Je me retourne. Ça y est, elle est repartie de plus belle. Elle est tellement crampée qu'elle est rouge dans la face. Mélie me regarde et semble s'amuser. Mais là, j'ai besoin d'aide, et je la supplie du regard.

Mélie: Je ne connais pas d'Indien, mais j'ai une copine française qui habite à Paris avec qui je chatte souvent.

ZUT. JE LUI EN DOIS TELLEMENT UNE.

Rami: Elle habite où?
Lulu (à Rami): À Paris! Elle vient de te le dire!
(À William) Ils sont sourds, les chevaux?

Bon, ça y est, maman vient de cracher son verre d'eau tellement elle rit. **C'EST L'ENFER.** *Le pire souper du monde. Avec une gang de malades.*

134

Elle prend sa serviette pour s'essuyer. Rami éclate de rire à son tour:

HIIIIII HUUUUUUIIIIIE.

Et là, c'est la totale: j'entends maman renifler. **OINK OINK**. Elle s'étouffe, tellement elle rit.

Maman: Oups, désolée.
Lulu: Aaaaah!!! Ça, c'est un cochon!!!

Sérieux, je veux mouououououriiiiiiiiiiir!!!

C'est le **CHAOS** total. Tout le monde éclate de rire pendant un long moment. Plus Rami hennit, plus tout le monde rit. Et maman qui renifle encore une fois. **OK**, **OK**, j'avoue que là, j'ai fini par craquer. Sérieux, c'est hilarant de voir des gens rire. **OUF**. Ça fait du bien.

Rami (à Lulu)**:** On devrait se renseigner pour savoir si les chevaux sont sourds. (À Mélie) Ce que je voulais dire, c'est: où dans Paris? Car il y a vingt arrondissements!
Mélie: Il a raison. Elle habite à Neuilly, c'est quel arrondissement, ça?
Rami: En fait, ce n'est pas dans Paris, c'est au nord-ouest de Paris. Près des XVIe et XVIIe arrondissements. C'est une ville huppée. Comme le Outremont de Montréal, ou encore le Richmond de Londres.
Lulu: Ah? Et à Tokyo, ça serait quoi?
Moi: Lulu, franchement!

Puisque je n'aurai pas de renfort du côté de maman, je me retourne vers ~~papa~~ le faux Français du moment.

Moi: Dis quelque chose?!?
Rami: Pas de problème, Lolo, j'adore les voyages, tu le sais, et lire sur tous les pays du monde. (À Lulu) Je vais trouver la réponse et Lolo te la dira demain. D'accord?

Lulu bombe le torse en souriant.

Mélie : Tes parents voyagent beaucoup dans le monde, n'est-ce pas, William?

C'est sûr qu'il faut qu'elle lui parle, elle. Je roule les yeux.

William: Oui, ils ont dû faire le tour du monde cinquante fois!!
Mélie: Tu ne pars jamais avec eux?

William me lance un regard. À mon tour de sauver la mise.

Moi: Mélie, savais-tu que William est déjà allé à Paris? Pas vrai, Will?
William: Oui, c'est super beau.
Mélie: Ça doit. Je rêve d'y aller. Mes parents envoient Lolo à Québec, ils pourraient bien m'envoyer à Paris, non?
Papa (très sarcastique): Certainement, pas de problème! L'argent pousse dans les arbres, dans cette maison.
Lulu: Pas vrai. Mais, dans celle de William, oui, par exemple.

Maman: Lulu! Ne parle pas comme ça!

ENFIN ELLE SE RÉVEILLE, ELLE.

Rami: Ah! Moi, je partirais bien faire le tour du monde... même si je l'ai déjà fait cinquante fois!
Lulu: C'est vrai? T'as fait le tour du monde, toi?
Rami: Oui!
William: Sur son iPad!

Markus, William et moi partons à rire. Rami incline la tête en approuvant. Mélie fixe William.

Rami: Tu peux me poser n'importe quelle question sur n'importe quel pays, et je suis certain de pouvoir te répondre correctement!
Lulu: Sauf pour le quartier huppé de Tokyo. Tu l'sais pas!
Moi: Oh! Luluuuuu!

Je regarde maman. Elle hausse les épaules.

William: Tu devrais devenir agent de voyage.
Rami: Jamais de la vie!
Lulu: Ah non? Pourquoi?
Rami: Parce que les agents de voyage restent dans les bureaux. Je serai guide / accompagnateur de voyage.
Lulu: Ah oui! C'est vraiment une bonne idée, ça!
Tutu: Est-ce que c'est toi qui dois payer tes voyages quand tu pars avec des gens ou bien ce sont tes patrons?

BONNE QUESTION.

ENFIN, un peu de quotient intellectuel
dans la famille.

Rami: Ce sont eux! C'est ça qui est génial!!
Lulu: Ça doit coûter cher.
Rami: Non, puisqu'ils n'ont pas à payer de guides
une fois sur place.

BON POINT.

Papa: C'est vrai que ça peut parfois coûter cher si on
n'a pas notre propre guide. Et on ne sait pas à qui on
aura affaire là-bas.
William: Moi, mes parents, ils en prennent toujours
un sur place. Mais leur chauffeur les suit partout où
ils vont.
Mélie: Tes parents ne sont pas des gens ordinaires.
William: Pourtant, moi, je les trouve très ordinaires.
Pas comme les tiens. (À mes parents) Vous êtes de bons
parents pour vos enfants.

OH! OH!... Gros malaise autour de la table.
Mélie et moi échangeons un regard. Je suis furieux
qu'elle ait parlé des parents de William.

Plus tard:
(Je suis en pleine engueulade avec Mélie. Nous sommes dans sa
chambre – car je suis entré sans cogner –; elle est assise sur le
rebord de sa fenêtre et moi, je suis debout à quelques pieds d'elle.)
Sa chambre est bleu poudre et rouge. Elle est quand même cool.

Moi: Tu le sais, que c'est délicat de parler de ses
parents. Tu le fais exprès ou quoi?

Mémé: Je ne vois franchement pas le problème!

Moi: Tu veux toujours mettre mes amis mal à l'aise.

Mémé: Non, je te le jure. Je n'en avais pas l'intention. Surtout pas William.

Son ton a changé. Je ne suis pas certain que j'aime ça. Sa voix a ramoli, comme si elle avait un faible pour lui.

** Oh! Oh!... Elle l'aime bien, mon ami.

Moi: Qu'est-ce que tu veux dire?

Mémé: Rien. Laisse faire.

Moi: Non, dis-moi, je veux savoir!

Mémé: Laisse faire, je te dis! Sors de ma chambre.

Moi: Je ne sortirai pas tant que je ne saurai pas ce que tu allais dire.

Mémé: SORS DE MA CHAMBRE! *MA-MAN!!!!!!!!*

Je reste planté là. Je n'ai rien fait de mal, maman peut bien venir. Je lui expliquerai la situation et je suis certain qu'elle obligera Mémé à parler.

Moi: Dis-moi.

Mémé: *MA-MAN!!!!!!*

Maman entre dans la chambre.

Maman: Qu'est-ce qu'il y a, encore?

Mémé: Lolo ne veut pas sortir de ma chambre.

Je lui explique la situation en détail. C'est sûr qu'elle va obliger Mélie à me dire ce qu'elle me cache pour se débarrasser de nous. Comme je la connais.

Maman: Sors de la chambre de ta sœur. Elle ne veut pas te le dire, c'est son choix.

Moi: Mais *MA-MAN!!!!!!!!*

Maman: Charles, il est tard; on t'a fait plaisir en invitant tes amis, maintenant va te mettre en pyjama et brosser tes dents sans rouspéter.

Moi: C'est ça! Tu prends **TOUJOURS** sa défense. C'est juste parce que t'as pitié parce qu'elle n'a pas de mère!

Oh! Oh! Je sais tout de suite que je suis dans le trouble. J'ai un petit **FRISSON**.

Maman: Charles-Olivier, va m'attendre dans ta chambre.

Note importante: ce n'est jamais bon signe lorsqu'elle m'appelle par mon prénom au complet. Je peux confirmer que je suis dans le trouble.

J'entre dans ma chambre. **ZUT**. Je suis dans le trouble. Ma mère déteste quand je parle de la mère de Mémé. C'est certain que je vais être en pénitence. **ZUT DE ZUT**, je peux pas juste me la fermer, des fois?

J'aimerais pouvoir deviner ce que ma mère va me faire cette fois-ci:

    1) Confisquer mon iPad?
        * Pas si pire, reste l'ordi.
    2) Pas d'ordi pour X semaines?
        * Pas grave, je jouerai sur le iPad.
    3) Pas d'ordi ni de iPad?

    * Oh! Je sais! Je laisserai Tutu jouer dans ma
    chambre en échange de <u>son</u> iPad.

4) Pas d'amis à la maison pendant un mois?

    * Oh non. Qu'elle prenne le iPad.

5) Pas le droit d'aller chez des amis pendant un mois?

    * Qu'elle prenne: iPad, ordi, vêtements, et même
    ma chambre, si ça peut lui faire plaisir.

6) Pas de... Porsche pour mes 16 ans?

    * Bof, ça n'allait pas arriver de toute façon.

7) Annuler l'inscription au voyage à Québec.

    * Oh! Oh!... J'ai le goût de vomir...

Si c'est ça, je vais être dans le-

J'ai une idée de génie!!!

Je vais-

Elle entre dans ma chambre. Avant qu'elle ne puisse parler, j'ouvre la bouche.

Moi: Maman, je suis vraiment désolé. Je vais aller m'excuser auprès d'Amélie, parce que ce n'est pas gentil de parler comme ça de sa maman décédée. Je ne sais pas ce qui m'a pris et je me sens super mal.

P.-S.: ** Je pense qu'elle me croit, car elle semble considérer mon «offre».

Moi: Je ne le referai plus.

P.-P.-S.: ** Hmm, elle semble hésiter, comme si elle n'était pas à *100 %* convaincue que je dis la vérité.

Moi: Promis.

P.-P.-P.-S.: ** OK, là, je trouve qu'elle met beaucoup de temps à prendre une décision. Je dois jouer le tout pour le tout. J'espère que ça ne remet pas en cause le voyage à Québec...

Moi: Je peux comprendre comment elle se sent, car, si j'étais à sa place, j'aurais de la peine si quelqu'un parlait comme ça de toi, c'est pour ça que je vais m'excuser.

Elle me fixe toujours en silence. C'est pas son genre de ne pas savoir quoi faire. Si c'était papa, je comprendrais, mais là...

PEUX-TU JUSTE DIRE QUELQUE CHOSE, BORDEL? JE VAIS PERDRE PATIENCE DANS VRAIMENT PAS LONG.

** Je me retiens. Je suis déjà assez dans le trouble comme ça.

Maman: T'as deux minutes pour y aller. Après, tu reviens ici et tu te couches sans un mot. Compris?

OH QUE OUI!! Compris à *257473 %*, madame!!!
Je cours à la chambre de Mélie.

Moi: «M'escuse».

ZUT ! Y a rien à faire avec ce mot
quand je suis **ébranlé / énervé / pressé
d'en finir.**

Mélie: J'ai le droit de ne pas te l'avouer, tu sais.
Moi: Euh, je ne parlais pas de ça.
Mélie: Ah non? Tu t'excuses pour quoi, dans ce cas?
Moi: Ben là!

La maudite, elle veut juste m'entendre le
dire. ~~Qu'elle mange de la m=~~

PAS LE CHOIX.
** Si je veux rester en vie...
(Façon de parler.)

Moi: Tu le sais, d'avoir parlé comme ça de ta maman.
Mélie: Oh, ça ne me dérange pas, tu sais. Ça fait longtemps qu'elle est morte.

Je me sens vraiment mal. Je suis tout croche et j'ai
une bouffée de chaleur. **OUF**. Il fait **CHAUD** ici, tout
d'un coup.

Et là, je remarque:
Son œil brillant.
Sa lèvre tremblotante.
Son haussement d'épaules.

Elle ne s'en fout **PAS DU TOUT**. J'ai visé juste et je lui ai profondément fait de la peine.

C'est plus fort que moi, je m'avance vers elle. Je lui touche doucement l'épaule, car elle me fait maintenant dos.

Moi: Je m'excuse sincèrement, Amélie. Mes paroles ont complètement dépassé ma pensée.

> ** Hmm... Belle phrase, mon Lolo! Je suis tellement un auteur, c'est rendu que je parle bien!

Elle baisse la tête, et son épaule tremble encore plus. **ZUT**, elle pleure <u>vraiment</u>. Elle a <u>vraiment</u> de la peine... pour de **VRAI**. Je la force à se retourner. J'avais raison. Elle est en pleurs.

Que je suis con / niaiseux / épais / irrespectueux des mères mortes!

Je la prends dans mes bras et elle se laisse faire.

> P.-S.: ** Elle doit vraiment avoir de la peine pour me laisser faire ça sans rouspéter.

Mélie (elle pleure toujours)**:** Je l'aime bien. Tu le sais.
Moi: C'est sûr que tu l'aimes, Mélie, c'est ta maman!
Mélie (elle pleure encore)**:** Non, niaiseux! William!!

EUH PRESQUE, PAS VUE VENIR, CELLE-LÀ. IL EST BIEN TROP JEUNE POUR ELLE?

Un frisson glacial remonte le long de ma colonne.
J'analyse la situation avant de paniquer:

AIME BIEN... <u>comme dans</u>:
1) Il est cool et sympathique?
2) Il est cool, sympathique et beau?
3) Il est cool, sympathique, beau et
je veux l'épouser??????

Ce n'est pas le temps de faire une scène.
Mais c'est garanti que je vais investiguer
sur le sens de «je l'aime bien».

<u>Dans la nuit...</u>

J'OUVRE LES YEUX. (Je suis blotti sous les couvertures. J'ai chaud mais j'ai le bout du nez froid. Il est temps que papa monte le chauffage un peu, pour casser l'humidité dans la maison.)

IL EST 3 H 44... DU MATIN.

<u>Pensée / rêve / idée comme ça</u>:
ça serait trop bizarre d'avoir William
comme beau-frère.

BONNE NUIT, CHARLES.

 Ne pense plus à ça, sinon tu vas
hyperventiler.

1er NOVEMBRE.

C'est la fête des Morts. On n'a pas passé l'Halloween hier soir parce qu'il pleuvait trop fort. **TRÈS POCHE.**

JE DÉTESTE LE QUÉBEC.

En plus, j'ai dû me taper la marche avec rileux parce que maman est malade. Moi et mes idées poches de faire des listes connes/pas rapport/qui me mettent dans le trouble... J'ai pris froid en marchant sous cette pluie glaciale et ça va être à mon tour d'être malade.

2 NOVEMBRE.

Rien à dire, sauf que maman est encore malade, et j'ai encore dû promener Frileux. Ça fait trois jours d'affilée que je le fais. Il va falloir que je refuse demain, parce que maman va tenir pour acquis que je le ferai tous les jours. Et il est hors de question que ça devienne ma «job» de faire ça. Je veux bien respecter ma foutue liste, mais pas pour longtemps.

N'A-T-ELLE PAS COMPRIS QUE JE NE LE PENSAIS PAS VRAIMENT QUAND JE LUI AI OFFERT DE PROMENER FRILEUX? POURTANT, ELLE ALLUME VITE,

D'HABITUDE.

9 NOVEMBRE.

DATE POCHE (même en rouge!!!!!)... Je ne sais pas pourquoi, mais le mois de novembre est le pire du monde. Une chance qu'il y a **MOVEMBER** pour qu'on passe le temps, parce que, sérieux, c'est

LE MOIS NUL DE L'ANNÉE.

P.-S.: ** On dit «Movember», car c'est durant ce mois (*November* en anglais) que les hommes se font pousser la moustache pour ramasser des fonds pour lutter contre le cancer de la prostate. Tout le monde le fait, même le maire de Montréal, et les joueurs du Canadien, alors c'est devenu comme un genre de mode. Mais je peux affirmer que la moustache, ça ne va pas bien à tout le monde (i.e. monsieur le Maire, c'est pourquoi il porte le nœud papillon maintenant – bonne décision, monsieur le Maire!), alors on se marre parfois de voir certains hommes la porter.

P.-P.-S.: ** Papa a tenté l'expérience, mais, après cinq jours, on l'a supplié de se raser. Sérieux, c'est un service qu'il a rendu à la société... sans compter qu'il nous a sauvés de **L'HUMILIATION FAMILIALE.**

13 NOVEMBRE.

Une autre journée poche. Il pleut, il vente, et c'est plate. Je pense que je commence une dépression, parce que je n'ai même pas envie de jouer aux jeux vidéo. Je vais passer la journée en pyjama, tiens. Je n'irai même pas faire des commissions avec papa. Pas envie aujourd'hui, et je sais qu'il va me demander d'y aller avec lui «pour que je sorte un peu». Eh bien, pas question.

NON NÉGOCIABLE!!!

** De toute façon, j'ai souvent le dernier mot avec lui. Pas comme avec ma mère...

Papa entre dans ma chambre. (Tiens donc...)

Je vais tenir mon bout. Je reste ici. Dans mon lit. Au chaud, sous mes couvertures.

NON NÉGOCIABLE, J'AI DIT!

Papa: Je m'en vais chez Mamie, tu viens avec moi?
Moi: Han? Tu vas chez mamie un dimanche matin à 8 h 30?? Elle dort pas, à cette heure-là?
Papa: Chez Mamie Clafoutis!

Aussi connue sous le nom de:

Moi: Est-ce que j'ai le droit de prendre deux choses?

Je ne peux jamais me brancher entre la chocolatine et le roulé au chocolat.

Papa: Si tu veux.

Mes yeux doublent de grosseur. Il a dit **OUIIII!?!**

JE ME LÈVE D'UN TRAIT.

** Sérieux, ça aurait vraiment été non négociable, mais là, on parle de Mamie Clafoutis. Il pourrait me faire faire n'importe quoi contre une chocolatine de cette boulangerie.

Moi: Donne-moi quarante-huit secondes!
Papa: Je te donne une minute, si tu veux! Je vais aller prendre la commande des jumeaux.

J'adore quand papa nous offre le **MAMIE CLAFOUTIS**.

Ça n'arrive pas souvent, car maman aime faire des crêpes le dimanche matin, mais moi, j'adore ça, les viennoiseries!

Je capote! Il peut me demander ce qu'il veut aujourd'hui, c'est sûr que je vais dire

OUI!

Note à moi-même:
je resterai au lit une autre fois!

J'adore les dimanches finalement-pas-si-plates du mois de novembre!

Après le déjeuner (ouf, j'ai mal au cœur car j'ai trop mangé), je pars avec papa faire des commissions. Il adore faire les commissions.

** Probablement parce que, quand il n'est pas à la maison, il n'a pas à se taper:
1) le ménage;
2) le lavage;
3) ~~maman;~~
3) les jumeaux;
4) la marche de Frileux (je peux le comprendre);
5) ~~maman qui chiale qu'elle fait tout dans la maison.~~

Et, comme d'habitude, au retour, on dit à maman qu'il y avait **FULL TRAFIC** et que c'est pour ça qu'on a mis du temps à revenir.

** Mais, la vérité, c'est qu'on s'arrête prendre un Frappuccino.

J'adore faire ça avec lui. On s'assoit tous les deux et on jase de sports et de plein d'autres choses. J'ai toujours hâte de voir de quoi on va parler!

Papa: Et puis? La petite Justine, comment va-t-elle?

EUH, DEPUIS QUAND IL ME PARLE DE FILLES, LUI? ON PEUT-TU PARLER DE HOCKEY, S'IL TE PLAÎT?

Moi: Euh... J'ai pas lu le journal ce matin.
Le Canadien a-t-il gagné hier soir?
Papa: Lolo, change pas de sujet. Tu ne veux pas me parler de Justine? Lulu me dit que—
Moi: Lulu dit n'importe quoi! Justine, c'est juste une fille de ma classe. Ça fait deux ans qu'on est ensemble.

Réaction de papa

Moi: Euh, je veux dire... qu'on est dans la même classe.
Papa: Elle t'intéresse?

> **ZUT**, il y a un gros morceau de chocolat pris dans ma paille et le liquide ne passe plus. J'oublie toujours qu'il me faut une grosse paille.

Moi: Pas vraiment. J'ai besoin d'une autre paille.
Papa: Elle est jolie?

Moi: Correcte. Je reviens, je vais me chercher une autre paille...

... et j'espère que tu vas comprendre le message: je ne veux plus en parler. Mais c'est mon père, c'est certain qu'il ne comprendra pas.

Je reviens... avec une nouvelle paille. J'ai pris mon temps, pour qu'il puisse penser à plein d'autres sujets de conversation, genre: **sports / politique / cinéma / voyages / bouffe / j'sais pas, moi, mais pas les filles!?!** Mais c'est mon père...

Papa: Tu ne veux pas que je t'en parle. C'est ça? Ça te gêne?

Oups. Je retire mes paroles. Mon père est très **cool**.

Je hausse les épaules en regardant au sol. *OH NON*, je suis fait. Il m'a pris au piège et j'ai envie de parler de Justine.

Moi: Je la trouve gentille.

Papa semble surpris que j'en parle. Moi, je le suis, en tout cas.

Papa: Ah oui? Et lui parles-tu souvent?
Moi: Pas vraiment. Je suis un peu gêné de lui parler devant les autres.
Papa: C'est correct d'être gêné. Prends ton temps, t'es pas pressé. De toute façon, si je peux te donner un conseil avec les filles: laisse-les venir à toi!
Moi: Ah oui? Pourquoi?

Papa: Parce que, sinon, elles te tiennent pour acquis.

Il me fait un clin d'œil. **COMPRIS**. Je vais m'en souvenir.

~~AAAAAH,~~ finalement, j'aime ça, parler de choses ~~impor-tantes~~ sérieuses avec papa.

Papa: Pis, nos Canadiens vont-ils la gagner, cette année?
Moi: C'est sûr!

14 NOVEMBRE.

Dans la classe, en après-midi. Justine me sourit. Je fais semblant de ne pas l'avoir vue. Elle s'approche de moi.

Justine: Salut, Charles!

Je la regarde une fraction de seconde sans bouger. **JE SUIS UN GARS**. «Laisse-la venir à toi!» Je hausse une épaule en voulant dire: «Qu'est-ce que tu me veux?», puis je retourne parler avec William.

YEAH!
JE SUIS UN VRAI GARS!!

** Mais le soir en y repensant, couché dans mon lit, je me trouve un peu bête. Je serai plus gentil demain. Je lui ferai au moins un petit sourire.

Fille ou pas fille, ça ne me ressemble pas, d'être bête avec les gens. En tout cas, ça me met mal à l'aise.

15 NOVEMBRE.

Je cours à mon casier (dans le bon couloir!!) et y laisse rapidement mes livres pour monter à ma classe. Justine arrive toujours tôt et je veux profiter de l'occasion pour m'excuser. Je croise William, mais je n'ai pas le temps d'arrêter.

William: Heille, Lolo, tu t'en vas où comme ça?
Moi: Suis pressé, je t'expliquerai.

J'arrive en classe et, comme de fait, Justine est là.

Moi: Salut, Justine, ça va?

Justine me fait un petit sourire puis retourne à ses affaires comme si je n'existais plus.

OH... ça va être un peu plus compliqué que je ne croyais.

Moi: T'as pas l'air de bonne humeur.
Justine: Oui, je le suis.

Mais elle retourne à ses affaires.
    ** ~~Je ne peux pas la blâmer.~~

<u>OK, quelques options s'offrent à moi</u>:

1) Je fais semblant qu'il n'y a pas de problème; elle peut bien faire ce qu'elle veut, je m'en fiche. Et papa m'a dit de la laisser venir à moi.

5 POINTS.

2) Si je ne me retenais pas, je l'enverrais ch***.

1 POINT.

3) Je fais un homme de moi et je m'excuse pour hier. Ça va à l'encontre de ce que papa m'a dit, mais ça me ressemble plus.

9 POINTS.

JE DÉCIDE DE VISER L'OR.

Moi: En tout cas, moi, je ne l'étais pas hier, et tout le monde m'a dit que j'étais bête. J'espère ne pas avoir été bête avec trop de monde... Genre du monde de ma classe avec qui je voulais pas être bête.

J'espère qu'elle comprend le message... Elle est intelligente, d'habitude.

Justine Ben, si je peux te le dire... Oui, t'étais un peu bête hier.
Moi: Ouain, je m'en doute... mais ça n'avait pas rapport avec toi.

BAM = 9 POINTS!!!!

** C'est comme si je m'étais excusé!

Elle me fait un sourire = **BONUS**.

+ 1 POINT = 10 POINTS!!!

** Je suivrai les conseils de papa une autre fois.

Je lui souris également. William entre dans la classe.

Je vais passer une belle journée.

22 NOVEMBRE.

Dans ma chambre, collé contre 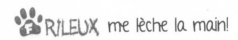RILEUX. Il tombe de la pluie semi-verglaçante. Ça serait cool s'il pouvait y en avoir très épais pour que ça soit trop dangereux de sortir demain. L'école serait fermée.

Je suis sur le iPad et je joue à un jeu de hockey. Pas le goût de faire grand-chose d'autre. Et y a pas grand-chose d'autre à faire, car il pleut de la glace. **JE DÉTESTE LE MOIS DE NOVEMBRE**.

RILEUX me lèche la main!

Moi: Qu'est-ce que tu fais là?

Je dépose mon crayon et mon carnet pour jouer avec lui.

25 NOVEMBRE.

Sous-sol chez William. Sont présents:

WILLIAM / RAMI / MARKUS / MOI.

On a décidé qu'on faisait un après-midi jeux vidéo. On va jouer au nouveau *Super Smash Bros. Brawl.* J'adore jouer chez William. On a toujours la paix, puisque ses parents ne sont jamais là.

Je vais aux toilettes pendant que William monte chercher des bols de popcorn. En sortant, je tombe face à face avec une femme que je n'ai jamais vue de ma vie (ce n'est pas la gardienne de William).

L'inconnue: Oh! Mon beau Charles! Comme tu as grandi depuis l'an dernier!

Sa voix me dit quelque chose, mais je ne la replace pas. Vu que je suis dans la maison de William, c'est sûrement quelqu'un de la famille, mais je ne connais que sa mère, que j'ai vue une ou deux fois. Et ce n'est pas elle. Elle est un peu plus vieille que la femme en face de moi, mais elle lui ressemble.

C'EST PEUT-ÊTRE LA PETITE SŒUR DE LA MÈRE DE WILLIAM?

Moi: Euh... Merci.

Je sais pas trop quoi dire d'autre. Elle fronce les sourcils.

L'inconnue: Ça va, Charles?
Moi: Oui, madame.
L'inconnue: Ah! Tu peux m'appeler Hélène!

Je sursaute.

Moi: HAN? Vous êtes la mère de William???

SÉRIEUX, je ne la reconnais pas du tout! OH!
OH! Dis-moi pas que, quand je suis tombé dans les
pommes sur l'asphalte (**nom masculin**), j'ai fait
une commotion cérébrale.

OH! NON!!!
J'AI PERDU LA MÉMOIRE!!

Je ne me souviens plus de la mère de William.

JE CAPOTE.

{ MES MAINS COMMENCENT À TREMBLER, ET J'AI DE LA DIFFICULTÉ À RESPI– }

William: Oui, c'est ma nouvelle mère, c'est pour
ça que tu la reconnais pas. Moi aussi, ça m'a pris
du temps.
Moi: Han? T'as une nouvelle mère?

Euh, pas sûr de comprendre...

L'inconnue (impossible de l'appeler autrement pour l'instant, le choc est pas encore passé): Franchement, William Tremblay! Là, tu exagères et tu vas arrêter ça immédiatement!

William: Viens, Lolo. (À sa nouvelle mère) On va être en bas. Je ne veux pas être dérangé, <u>maman</u>.

OK.
MÉGA MALAISE.

Moi, je ne parlerais jamais comme ça à ma mère.
1) J'ai trop de respect pour elle.
2) Je mangerais une volée derrière la tête et je serais en pénitence pendant... pendant je ne sais pas combien de temps, mais disons que j'aurais beaucoup de temps pour écrire.
Je me rendrais au carnet N°16 dans le temps de le dire.

ON ARRIVE EN BAS.

Moi: Sérieux, Will, c'est qui, la bonne femme? Ta cousine? Ta nouvelle grande sœur?

Elle a l'air d'avoir 28 ANS, la madame.

William: C'est ma mère qui s'est fait faire un *facelift* trop serré.
Moi: QUOI??

William: Oui, tu sais, une chirurgie esthétique au visage? Elle s'est fait remonter le visage parce qu'elle se trouvait trop ridée.
Moi: Mais elle était même pas si ridée que ça! Moins que ma mère, en tout cas!
William: Ben maintenant, elle est moins ridée que Mélie!

AYOYE, je suis très impressionné. C'est la première fois que je vois ça pour de vrai. J'ai déjà entendu dire que toutes les vieilles se font faire ça à Hollywood.

> ** Mélie achète toutes les revues à potins et les laisse traîner dans la salle de bain. Je fais juste semblant que je ne les lis pas, mais c'est fou ce qui se passe avec les vedettes de Hollywood. Elles ont tellement de temps à perdre, j'ai jamais vu ça.

MAIS ICI?? AU QUÉBEC??

> *** Et sa mère n'est même pas une vedette...

> ** Je ne savais même pas que ça existait, des chirurgiens esthétiques, ici. C'est peut-être ça qu'elle est allée faire en Irla- En Islan- Euh... en voyage?

Plus tard, au souper, je n'ai pas arrêté de la fixer, incapable de manger. J'essayais de trouver ses cicatrices mais j'en ai pas vu. Elle a le visage lisse, lisse, lisse. **HALLUCINANT**. Je me demande comment ils font ça. Ils doivent couper tout autour du visage et enlever la peau? Ça doit saigner en- Oh, je suis mieux d'arrêter de penser à ça, je commence à avoir mal au cœur. En tout cas, William semble **très fâché/mal à l'aise** devant nous que sa mère ait l'air si jeune.

Je me couche en repensant à la nouvelle **GRANDE SŒUR** de William. Elle n'a plus l'air d'une mère pantoute. Déjà qu'elle n'avait aucune autorité sur William, ça n'aidera pas leur relation qu'elle ait l'air de sa grande sœur.

26 NOVEMBRE.

Je me réveille vers **6 H 11**. Incapable de dormir. Pas trop grave, j'ai super bien dormi. Je repense à la mère de William... Je ne dis pas qu'elle n'est pas belle, mais je trouve qu'elle ne se ressemble pas. Je referme les yeux. Maman entre dans ma chambre quelques minutes plus tard.

Moi: Maman?
Maman: Désolée, je ne voulais pas te réveiller, je venais fermer ta porte de chambre. C'est rare que tu dors si tard!
Moi: Mais il est seulement–

Je regarde mon réveil. **8 H 59!!**

Moi: Ayoye! J'ai dû me rendormir.
Maman: C'est correct, c'est que tu en avais besoin.
Moi: Câlin?!

Maman sait ce que ça veut dire et elle se couche contre moi et me serre fort dans ses bras.

J'ADORE ÇA!

C'est mon moment préféré depuis que je suis tout petit. On se retrouve face à face. Je mets mes mains sur son visage pour le lui tirer. Elle n'a plus de rides quand je tire, mais elle ne se ressemble plus non plus.

Maman: Qu'est-ce que tu fais?
Moi: Rien. Je te regarde.
Maman: Ouain, je suis poquée.
Moi: Non, maman, t'es très belle.
Maman: Ah! Tu dis ça parce que je suis ta mère!
** Sûrement.

Elle se lève.

Maman: Bon, c'est l'heure des crêpes! Tu viens m'aider?

Je me lève. J'adore aider maman à faire les crêpes, ça me donne le droit de manger des brisures de chocolat. (Parce que je les sors pour en mettre dans ma crêpe! C'est bien meilleur que du sirop d'érable, même si maman n'est pas d'accord avec moi.)

27 NOVEMBRE.

Assis au comptoir de cuisine après l'école. J'ai terminé mes devoirs et je n'ai pas grand-chose à faire, alors je regarde maman plier le linge. Je l'examine, ou la fixe, plutôt. Elle rouspète, **IMPATIENTE**.

Maman: Qu'est-ce qu'il y a?
Moi: Est-ce que tu te ferais remonter le visage, toi?

Maman: Pourquoi tu me demandes ça? Tu me trouves vieille?

Moi: Non; moi, je t'aime avec tes rides.

Maman: Euh... D'accord. Mais je ne me trouve pas si ridée pour mon âge.

    ** Je me gratte le front, pas trop certain de quoi dire.

Maman: Quoi? T'es pas d'accord?

Je lui souris.

Maman: Mais pourquoi me parles-tu de ça?

Moi: Parce que la mère de William s'est fait remonter le visage. Elle a l'air d'avoir 28 ans.

Maman: Ah bon? Elle doit être belle?

Moi: Bof, moi, je trouve que c'est bizarre parce qu'elle a l'air trop jeune. Je la trouvais plus belle avant. T'es plus belle qu'elle.

Maman: Ha! Ha! T'es trop gentil, mon amour. Mais je serais curieuse de la voir...

Moi: C'est vraiment pas beau.

MÉLIE ENTRE.

Mélie: Qu'est-ce qu'il y a?

Moi: Rien.

Mélie: J'haïs ça quand tu fais ça. Pourquoi t'es juste pas capable de me dire ce qu'il y a?

Maman: La mère de William a eu un *facelift*.

Mélie: Han? Oh, pauvre lui.

Moi: Pourquoi, pauvre lui?

Mélie: Je ne sais pas... La mère de Simon avait eu ça aussi et c'était bizarre parce qu'elle avait l'air du même âge que Simon.

Moi: Parle-moi pas de lui. Sa mère peut ben se faire faire ce qu'elle veut. Pis lui aussi.

Mélie (ricanant)**:** Reviens-en! Moi, en tout cas, je suis

passée par-dessus. De toute façon, j'ai quelqu'un
d'autre en tête...

Elle baisse les yeux au sol. *OOOOH* que j'ai pas envie de
savoir de qui elle parle... car je m'en doute: *WILLIAM*.
J'ai mal au cœur juste à y penser.

30 NOVEMBRE.

ENFIN!!!

** Fini, le mois
déprimant (pas si
déprimant, finalement)!!

On a reçu les bulletins il y a déjà quelques semaines.
      ** J'avais oublié de l'écrire.
(Ça va bien dans mon cas, surtout en géographie – **merci, Rami!**)
Je m'enligne pour une bonne année. Tant mieux. Mes
amis m'aident quand j'ai des problèmes et c'est le fun.
Moi, je les aide en maths parce que je suis bon. Les
examens sont dans deux semaines, juste avant les
vacances. On commence à se préparer à étudier
en groupe.

1ER DÉCEMBRE.

HA! C'est drôle. Je me lève ce matin et tout est blanc dehors. Il n'y a pas épais de neige, et probablement qu'au lunch ça aura tout fondu, mais on voit que l'hiver s'en vient! **COOL! J'ADORE** jouer dans la neige!!

Maman: Tu n'apportes pas ton pantalon de neige aujourd'hui!
Moi: Mais il y a de la neige dehors!
Maman: Il fait quatre degrés, il n'y aura plus de neige ce midi. Pas question que tu te roules encore une fois sur l'asphalte.

OK. Ma mère me connaît trop. Je déchire environ trois paires de pantalons de neige et cinq paires de pantalons d'école par année. J'aime jouer fort et je glisse souvent sur **mes genoux / mes fesses / mon dos / ma tête / mes oreilles / alouette / HAHA**, je blague. Sérieux, maman est tannée de devoir m'acheter de nouveaux pantalons. Mais j'aime me donner à fond quand je joue! Qu'est-ce qu'il y a de mal là-dedans?? Les femmes, elles ne comprennent jamais rien.

** En tout cas, c'est ce que papa me répète toujours.

Et, en plus, elles se plaignent toujours d'avoir froid aux pieds, même si elles portent des méga grosses bottes «lunaires» en poil rose. J'ai jamais vu ça. Elles parlent juste de ça aux récrés.

Parlant de fille, Justine est venue me parler ce matin en classe, j'étais assis à mon bureau et je lisais. Je ne l'ai pas vue arriver.

Justine: Salut, Charles!

Elle m'appelle toujours comme ça. Pourtant, tout le monde m'appelle Lolo.

Moi: Salut!
Justine: Tu fais quoi, à Noël?
Moi: On s'en va dans le nord, au chalet de ma tante.

C'est un chalet que ma tante a loué, mais pas nécessaire d'entrer dans les détails. Ce qui est le fun, c'est qu'il n'est pas très loin de celui de William. *14 MINUTES* en voiture, selon l'itinéraire Google Maps. Et il y sera... avec ses parents... Ou plutôt avec son père et sa nouvelle sœur. HÉHÉ. Ils vont rester au chalet en famille. **PAS DE VOYAGE**.

** Je sais, moi aussi, j'ai réagi quand j'ai appris ça.

Justine: Cool. Nous aussi, on sera dans un chalet dans le nord. À Tremblant. Chez mes grands-parents.

Mon cœur se serre. Justine sera aussi à Tremblant pendant les vacances? Je devrais lui demander l'adresse et faire un itinéraire Google Maps, juste par curiosité. **PAS QUE ÇA ME TENTE DE LA VOIR PENDANT LES VACANCES.**

** Mais je suis curieux.

Markus arrive.

Markus: Salut, mec! Tu lis quoi?
Moi: Oui, je lis, quoi.
Markus: Non, je veux dire: tu lis quoi?
Moi: Oui, je te dis que je lis! Tu vois pas, quoi?
Markus: Oh! Bordel! Mais QU'EST-CE que tu lis?

OH! Je suis souvent mélangé quand il me parle, lui. Sérieux, je me trouve très intelligent et, pourtant, j'ai parfois de la difficulté à le suivre...

QUOI!!!!

8 DÉCEMBRE.

Aujourd'hui, c'est la fête de ma cousine Sandrine. Il neige dehors et c'est très humide. Il ne s'est rien passé de bien extraordinaire, <u>sauf que</u>:

Dans la classe. Assis à côté de Rami. Markus est derrière moi.

Nous sommes dans le cours de madame Houle, et c'est plate à mourir. **MAIS ÇA, C'EST NORMAL.** Elle arrive à mon bureau et me remet un travail corrigé. Mais, en parlant, elle a craché un méga gros postillon**.

Sérieux, tout le monde l'a vu sortir de sa bouche. Ça me prendrait un *ESSUIE-GLACE* pour enlever ce gros motton qui ne veut absolument pas sécher sur ma feuille. J'ai mal au cœur juste à le regarder.

Quand elle est partie, j'ai pris la feuille en me fermant les yeux et en tentant de la faire sécher. Il était encore là!

JURÉ!!!

J'ai été obligé de l'essuyer sur mon pantalon.

Note à moi-même: mettre mon pantalon au lavage ce soir...

SANS FAUTE!!

Autre note à moi-même: demander à maman de mettre **EXTRA** savon.

15 DÉCEMBRE.

Je sais que ça fait plusieurs jours que je n'ai pas écrit, mais c'est l'enfer, les examens au secondaire. J'ai été tellement débordé entre:

      1) mes études;
      2) mes amis;
      3) maman qui chiale parce que je n'étudie pas assez;
      4) mes études;
      5) les préparatifs pour Noël – très important;
      6) ~~Justine~~;
      6) mes amis.

Bref, ça n'a pas d'allure, être occupé comme ça. Mais je me sens important.

18 DÉCEMBRE.

Il ne me reste qu'un seul examen, dans deux jours. Après ça, on va à l'école (*LE 21*) pour profiter de nos amis et jouer à des jeux en classe. Je pense même qu'on fera venir de la pizza et qu'on mangera sur place. Trop méga cool. En plus, le dernier examen, c'est géo. Pas de problème avec ça Grâce à Rami, je pourrais placer tous les pays du monde au bon endroit sur une carte vierge.

C'EST TROP GÉNIAL, LA GÉOGRAPHIE!!

20 DÉCEMBRE.

Je lis les premières questions de mon examen de géographie.

ZUT, j'aurais dû étudier plus. C'est pas juste des noms de pays sur une carte géographique, là. **AYOYE!** Je me souviens qu'on a parlé de ça en classe, mais c'était en septembre... et j'avais d'autres préoccupations, <u>genre</u>: faire ma twit de liste pour payer le voyage à Québec. *OH! OH!* Dis-moi pas que je vais couler géo? Qu'est-ce que Rami va penser?? Ouf, je commence à hyperventiler. **PFF, PFF**, expire, Lolo, t'es capable, c'est le dernier examen, et c'est censé être le plus facile. Pense aux vacances de Noël, ça va être le fun, tu vas–

ALLO???

T'es dans un examen de géo.
Envoye, concentre-toi un peu!!!

21 DÉCEMBRE.

Aujourd'hui, c'est:

LA FIN DES CLASSES!!

YOUPPI!

C'est une journée spéciale! Madame Lamarre a apporté des cannes de Noël pour toute la classe. Je lui remets une boîte de biscuits maison que maman a faits pour chacun des profs de ses enfants.

Nous avions le droit d'apporter des jeux de société. Puisque j'étais incapable de n'en choisir qu'un seul,

j'ai apporté:
1) mes cartes Magic;
2) Blokus;
3) Stratego;
4) Risk.

Maman m'a <u>conseillé</u> (à ne pas confondre avec <u>ordonné</u>) de ne pas tous les apporter, mais ce sont mes jeux, et je fais bien ce que je veux avec. Elle pense que je vais en perdre des morceaux. **FRANCHEMENT**, pour qui me prend-elle? On n'est plus au primaire, mais des fois j'ai l'impression qu'elle croit ça.

À l'école, je joue avec mes amis à plein de jeux différents. On m'en emprunte certains et c'est parfait (sauf les cartes Magic, parce qu'il n'y a pas grand monde qui sait jouer à ça). En fin de journée, je ramasse mes affaires pour rentrer à la maison.

OH NON... Il manque le drapeau rouge et une bombe bleue de mon jeu Stratego.

ZUT DE ZUT DE ZUT.

** Je le savais, que je n'aurais pas dû les apporter.
À ne pas confondre avec: j'aurais dû écouter ma mère.

Me semble que c'est pas compliqué de ranger tous les pions une fois la partie terminée??

Rami, Markus, William et moi cherchons les maudits pions pendant *37 MINUTES*. Ou peut-être *29 MINUTES*, peu importe.

{ ET ON DEMANDE À TOUTE LA CLASSE DE NOUS AIDER. }

LA CLOCHE SONNE.

Pas retrouvé les pions de mon jeu préféré. Maman avait raison. Je déteste quand je ne l'écoute pas et qu'elle a raison.

** De toute façon, ce n'est pas que je ne l'ai pas écoutée; je n'ai juste pas <u>suivi</u> son <u>conseil</u>.

Je ne lui annonce **TELLEMENT** pas que je les ai perdus. Elle va me tuer... façon de parler. Dès que j'arrive à la maison, je vais cacher le Stratego dans le fond de la garde-robe du sous-sol dans un endroit impossible à trouver.

22 DÉCEMBRE.

Aujourd'hui, je ne fais qu'une seule chose:

RIEN!!!
ET ÇA FAIT DU BIEN!!

J'écris un peu dans mon carnet, question de tenir mes histoires à jour.

> ** Ils font tous ça, les vrais auteurs. Euh, on dit «auteur» ou «écrivain»? **À VÉRIFIER** quand j'aurai du temps.

C'est fou, on est seulement rendus à Noël et il ne me reste presque plus de place dans ce carnet. Une chance que j'en ai demandé un nouveau pour Noël! Il me reste, genre, six ou sept pages

MAX!

23 DÉCEMBRE.

Nous sommes tous dans le salon en famille après le souper (un bon jambon à l'érable avec patates pilées – miam!). Papa a fait un feu de foyer et c'est agréable d'être tous ensemble. Papa joue au backgammon avec Tutu et Mélie joue à Destins avec Lulu. Je n'ai aucune espèce d'idée de ce que fait maman. Elle est partie depuis un bout. OH! Elle arrive finalement avec-

MON JEU STRATEGO?
** Il était pourtant très bien caché...

Maman: Ouf! Il était caché loin, lui!

Maman: Ça fait vingt minutes que je le cherche partout. Lolo, tu veux jouer avec moi?

Depuis quand elle joue à ça, elle??

Euh, depuis toujours. On joue toujours ensemble.

174

ZUT DE ZUT, elle le fait exprès.

Moi: Euh... non, ça ne me tente pas. On joue à Risk à la place? J'aime ça, jouer à Risk...

... ET J'AI ENCORE TOUS LES PIONS.

Maman: Depuis quand tu ne veux pas jouer à Stratego avec moi? Allez, come on, ça va être le fun.
Moi: ...
Maman: Charles? Let's go.
Moi: ...

AAARGH, BORDEL DE MERDE!

** Expression de Markus.

Maman: Pourquoi ne veux-tu pas jouer à Stratego?

OH ZUT. Je fige / gèle / capote / panique.

BOUM BOUM BOUM BOUM BOUM BOUM ♡

Maman: Qu'est-ce qu'il y a?

CRRRRAC!!
ZUUUUUUUUUUT.

Pas le choix:
Moi: Tu vas être fâchée.
Maman: Mais non, voyons! Dis-moi.

PAUSE.

Maman attend une réponse. Aussi bien lui dire la vérité.

Moi: J'ai perdu deux pions à l'école.

Maman me regarde. *OH! OH!...* Je vois qu'elle réfléchit. Elle ne dit pas un mot et je ne sais pas trop quoi faire ou quoi dire. En fait, je n'ai plus rien à ajouter. À son tour de parler. Elle se lève et quitte la pièce.

EUH???

Elle revient quelques minutes plus tard avec le jeu de Blokus dans les mains. Elle s'assoit face à moi.

Maman: T'es mieux d'être prêt, parce que tu vas te faire planter!

Ouf, je respire. Je pense qu'elle a compris que je me sens twit. Et: **OUI!** J'ai ma leçon. Je l'écouterai, la prochaine fois.
> ** Peut-être. On verra. J'ai le droit de faire ce que je veux, aussi.

24 DÉCEMBRE

(Chez ma tante Stef – je veux dire: au chalet qu'elle a loué dans les Laurentides. Je suis près du feu et je sens mes joues brûler... et mon dos aussi, car on joue au Monopoly et je suis dos au foyer!)

Nous sommes arrivés chez les cousins vers *14 H* pour profiter de la journée et jouer dehors. Il neige un peu, mais vraiment pas beaucoup. Il neigeote, comme dirait maman.

C'est tout blanc dehors et il ne fait vraiment pas froid. C'est la journée parfaite pour fêter Noël.

J'ADORE LE QUÉBEC!

On a fait un fort avec les cousins (et les jumeaux – pas le choix, maman m'a demandé de sortir mon «esprit de Noël»). On avait beaucoup de plaisir et les joues rouges, jusqu'à ce qu'il y ait de la chicane entre les cousins et qu'on décide tous de rentrer.

Le petit frère de Joje, Laurent, a reçu une balle de neige en plein visage et, comme il porte des lunettes, ça lui a fait mal. Il s'est fâché contre son frère et la chicane a pris. (Là, leur mère a chicané mon cousin Joje, même si ce n'était pas entièrement de sa faute. J'ai voulu expliquer ce qui s'était passé, mais maman m'a fait ses gros yeux en voulant dire: «**Mêle-toi de tes affaires**.») J'obéis toujours dans ce temps-là.

Maman, elle, s'en est mêlée en offrant de préparer des chocolats chauds avec de la guimauve! Et là, en une fraction de seconde, tout le monde avait oublié la chicane et l'esprit de Noël était revenu à **200%**.

Après le souper – de la bonne dinde, *MIAM!!* –, nous sommes tous allés marcher dehors sous la petite neige qui tombait. C'était magnifique. Nous étions *11* sur *14*.

> *P.-S.:* ****** Ce sont toujours les mêmes qui restent en dedans: papa, mon oncle Jojo et papi. Sont pas sorteux, comme dirait mamie.

Après, on est rentrés et on s'est tous installés près du feu (on était un peu tassés, mais c'est pas grave). On s'est donné des cadeaux pendant une heure, car on aime bien faire des échanges entre cousins.

J'ai reçu:
1) Une carte-cadeau iTunes.
2) Une carte-cadeau de chez Renaud-Bray.
3) Une autre carte-cadeau iTunes.
4) Une carte-cadeau de chez EB Games.
5) Une espèce d'affaire en poil de la part de mamie. C'est comme un genre de tuque bizarre. Ça a l'air que tout le monde porte ça je ne sais plus trop où dans le monde. C'est la mode. Si elle le dit...

JE SOURIS. MERCI, MAMIE.

6) Un nouveau carnet, car le mien achève.

7) Du temps avec tante Manou. Elle en a «offert» à tous les cousins.

P.-S. : ** C'est une bonne idée, ça, quand tu ne sais pas quoi donner. Maman a demandé à Manou si tous les enfants pouvaient prendre ce temps avec elle en même temps, afin que papa et elle aient la paix. Ce qu'elle ne sait pas, c'est que nous aussi, on a la paix d'eux quand ils ne sont pas là. Et on peut faire tout ce qu'on veut sans se faire chicaner. Mémé et moi échangeons un petit regard complice (!!). On se comprend là-dessus!

J'ADORE ÇA!!

Puis, papi a raconté des histoires de son jeune temps.

GÉNIAL!

Il a toujours les meilleures histoires à raconter, lui. C'est sûr, il est vieux, alors il a vécu beaucoup de choses.

Je souhaite de belles soirées comme ça à tout le monde.

JOYEUX NOËL!!!

29 DÉCEMBRE.

Rami, Markus, Jules et moi allons jouer au chalet de William pour la journée. William est trop méga content que nous soyons tous ensemble. Moi, je fais le saut chaque fois que je vois sa mère. Je n'en reviens pas qu'elle ait l'air aussi jeune.

** Choc toujours pas passé.

Maman est venue me reconduire (elle est tellement curieuse, elle a insisté) et lui a jasé un peu. Bien hâte de voir ce qu'elle va en dire. Bon, passons aux choses sérieuses.

<u>On joue toute la journée à plein de jeux</u>:

1) Wii;

2) Xbox;

3) Stratego... pas le mien; :-((

4) cartes Magic;

5) et Monopoly. Mais on arrête après **88** minutes parce que c'est rendu trop long et on ne veut pas gaspiller la journée au complet. J'ai jamais compris ça finissait quand, ce jeu. Sérieux, on pourrait continuer la même partie pendant des mois!

On fait tout ça en mangeant du popcorn avec des M&M's, mais on reste quand même raisonnables, puisque William:

1) nous surveille;

2) nous fait la morale;

3) mérite d'être écouté. C'est vrai que je pourrais développer le diabète / des problèmes cardio-quelque chose / ~~le cancer~~.

Il nous donne chacun un cadeau. Je développe le mien.

UN NOUVEAU STRATEGO!!!!!!

William: Ce n'est pas très original, mais je sais que c'est ton jeu préféré.

IL EST TROP SUPER FIN, CE «MEC».
** Oups, autre expression de Markus.

31 DÉCEMBRE.

On est en famille et on joue encore à des jeux.

STRATEGO AVEC MAMAN!!!

On a passé une partie de l'après-midi dehors, mais les jumeaux chialaient qu'ils avaient froid, alors nous sommes rentrés après une heure. Tant mieux, car moi aussi, j'avais froid, mais je ne voulais pas le dire. Maman nous a préparé un chocolat chaud. Elle le fait maison avec du vrai chocolat noir et c'est trop méga bon!! J'adore trop ça!

VIVE LE TEMPS DES FÊTES AU QUÉBEC!

Puis, je joue une partie de **STRATEGO** avec Mélie. Elle me bat, mais je crois qu'elle a triché. C'est toujours moi qui gagne, d'habitude. Je ne devais pas être concentré...

On soupe en famille vers *19H*. Cette année, on s'était dit qu'on attendrait **MINUIT** tous ensemble dans le salon, mais on s'est tous endormis sur le sofa!! Maman nous a réveillés à 12h56 pour qu'on aille se coucher. Papa ronflait fort sur le fauteuil!! On a bien ri!!

BONNE ANNÉE!!

1ᴱᴿ JANVIER

Il neige très fort dehors. C'est mélangé avec de la pluie verglaçante. J'entends un **TOC-TOC-TOC / CRAQUEMENT** vraiment gossant venant du toit juste au-dessus de moi. Je suis dans ma chambre et je relaxe. **AYOYE**, il ne reste que **DEUX PAGES** à mon carnet. Une chance que le père Noël m'en a donné un nouveau dans mon bas de Noël.

☺ Je dresse une liste de mes résolutions pour la nouvelle année:

1) Me mettre en forme. (Je le suis, mais pas assez.)
2) Manger mieux. (............)

3) Être plus souvent gentil avec Mélie. (...............................)

4) Promener Frileux plus souvent. C'est maman qui a repris la laisse depuis un mois. ;-)

5) Arrêter d'exagérer (sauf quand c'est vraiment nécessaire pour rendre une histoire plus intéressante).

6) Essayer d'être plus souvent gentil avec Mélie.

7) Écouter les présentations plates de Lulu sans rouspéter.

8) Jouer plus souvent aux cartes Magic (ou arrêter d'en demander des nouvelles).

9) Faire la vaisselle une fois par semaine.

10) Acheter un nouveau jeu vidéo par mois.

11) Convaincre maman de me laisser retourner au Kamp P. l'été prochain.

12) Faire semblant d'être à l'écoute quand maman me fait la morale.

13) Essayer de ne pas reprendre papa quand il dit «une» hôtel ou «une» sandwich.

14) ~~Envoyer un courriel à Justine pour savoir comment elle va.~~

15) Faire la vaisselle une fois par mois.

16) Faire des compliments à maman (ça va aider pour la n° 10).

17) Parler à une personne de ma classe à qui je ne parle jamais.

18) Me souvenir du nom du gars à la casquette rouge.

19) Faire d'autres compliments à maman (pour faciliter la n° 11).
20) Être plus sincère dans mes résolutions n° 3 et 6.
21) Épargner 2$/semaine (pour une Porsche plus tard?).
22) Manger mieux (même si je l'ai déjà écrit, c'est important de bien manger).
23) ESSAYER de faire la vaisselle une fois par trois mois.
24) J'y reviendrai. Je n'ai pas d'idée, mais je veux me rendre à 25.
25) Je réfléchis toujours.

AYOYE, à regarder tout ça, je pense que je vais être occupé cette année! Ouf, j'ai presque plus de place pour écrire...

Qu'est-ce qui se passe? Je lève les yeux au plafond. Pas le temps de réagir que–

Moi: À l'aiiiiiiiiiide!!! PAPAAAAAAAAAA!!! Viens vite dans ma chambre! Je vais m

REMERCIEMENTS

On va arrêter de remercier **LES AMIS DE CHARLES-OLIVIER** pour leur contribution (souvent involontaire!), sinon on devra leur donner un crédit. Héhé.

Notre plus fidèle des premiers lecteurs, le cousin **JOJE**, merci encore une fois pour ton support inconditionnel!

MARTIN, "Marty" **BALTHAZAR**: Qui aurait cru qu'on se rendrait au carnet #3? Merci d'être là depuis le début!

AIMÉE VERRET: Après trois carnets, tu n'auras plus le choix de faire les prochains. T'es trop **MÉGA** bonne!! **Merci!**

Merci beaucoup **ANNE SOL** pour ton apport graphique original!! Et les filles de la Bagnole, **CATHERINE** et **MYRIAM**, un **GROS MERCI** de supporter nos romans comme vous le faites!

PIERRE SZALOWSKI. Cher directeur littéraire du **TONNERRE!** Tu nous as fait "rusher" comme des malades avec ton idée (**brillante!**) de faire deux carnets avec le #3 original. Fiou!! On est trooooooop contents du résultat!! **Merciiiiiiiiiiiiiiiii**.

Enfin, un gros **MERCI** à **CATRIONA** et **CHRISTIAN**, vous êtes trop: cool/compréhensifs/patients/~~drôles~~/etc... ;-)

CARO et **LOLO**

Retrouvez Lolo sur son blogue :
www.defensedentrer.com

ou sur la page Facebook de Défense d'entrer.

DISTRIBUTION EN AMÉRIQUE DU NORD:
Les Messageries ADP inc.*
2315, rue de la Province
Longueuil (Québec) J4G 1G4
Tél: 450 640-1237
messageries-adpcom
*filiale du Groupe Sogides inc.,
 filiale de Québecor Média inc.

DISTRIBUTION EN EUROPE
Librairie du Québec / DNM
30, rue Gay-Lussac
75005 Paris
Pour les commandes: 01 43 54 49 02
direction@librairieduquebec.fr
librairieduquebec.fr

Cet ouvrage a été achevé d'imprimer au Québec
sur les presses de Marquis Imprimeur
en octobre deux mille dix-sept
pour le compte des Éditions de La Bagnole.